A SOLIDÃO DA INTELIGÊNCIA NA SOCIEDADE DOS PALERMAS

ALEX CRIVIER

A SOLIDÃO DA INTELIGÊNCIA NA SOCIEDADE DOS PALERMAS

1ª edição

BREAK POINT EDITORA LTDA.
Ribeirão Preto / SP
2024

Este livro foi revisado segundo o Novo Acordo Ortográfico da Língua Portuguesa. Edição, revisão, projeto gráfico e diagramação: Break Point Editora Ltda.

Dados Internacionais de Catalogação na Publicação (CIP)
(Câmara Brasileira do Livro, SP, Brasil)

```
Crivier, Alex
   A solidão da inteligência na sociedade dos
palermas / Alex Crivier. -- Ribeirão Preto, SP :
Break Point Editora, 2024.

   ISBN 978-65-87149-21-9

   1. Ficção brasileira I. Título.

24-245186                              CDD-B869.3
```

Índices para catálogo sistemático:

1. Ficção : Literatura brasileira   B869.3

Aline Graziele Benitez - Bibliotecária - CRB-1/3129

Break Point Editora Ltda.
Caixa Postal 45 – CEP: 14001-970
Ribeirão Preto/SP (16) 3877-9511
www.breakpointeditora.com.br

Aos
sábios,
se
existirem...

*"A inteligência transforma o erro em verdade,
e ilude-se a si mesma..."*

Drummond

PRÓLOGO

A lua despontava na quina da pesada porta de ferro de correr com duas folhas envidraçadas, que divisava a saleta do minúsculo apartamento da (igualmente pífia) sacada. Não fossem as barras de vertical excesso a tornar o vidro mais cela que vitrine, talvez *Selene* [1] não parecesse tão triste.

Imóvel há milhares de doentios segundos, Tom não mais sentia qualquer músculo traseiro, cortesia da anêmica espuma de seu surrado sofá de vime, que em outros tempos vira o sol, mas agora já não era mais que *"Cohab"* [2] de aranhas.

Talvez irritada por estar sendo ignorada, *Selene* inchou tanto que quase extrapolou cômodo adentro. Estalando tudo quanto é junta, Tom levantou-se e abriu uma das folhas da porta de correr (a que não estava fixa), deixando entrar a insolência da lua cheia de si e um ar fresco com cheiro de madrugada.

---

[1] Selene, no mito grego, é a personificação da lua (deusa).
[2] Cohab - Companhia de Habitação Popular, de responsabilidade dos governos municipais.

Bonita mesmo, hoje; mas se você tem algum mistério aí, Dona Lua, não me interessa mais.

Selene pareceu recuar.

Estou farto de tanta babaquice, de tanta falação... não suporto mais as coisas.

Todas as coisas.

Essa vida publicada... exibida... falsa... autômata.

E tudo... toda essa ansiedade para compartilhar banalidades... um monte de babaquices!

E todos... com suas caras pregadas na porra do celular...

Essa hipocrisia postada... horrenda...

A *tv* estava ligada num canal de notícias e exibia a figura de um humano exasperando num microfone, em cima de um palanque; embora metido num costume que tentava parecer alinhado, exibia uma face muito desagradável, lembrando um duende hipertenso, meio vermelho-arroxeado. O metamorfo movia os lábios sem parar e seu queixo subia e descia freneticamente, mas não havia som.

Tom ficou parado de pé diante da cena, oscilando, com os ombros caídos e segurando *"einstein"* entre os dedos da mão direita.

"Mute" [3], *seu bosta desprezível. É a única forma de não encher a tela de porradas quando põem a tua cara de merda no ar.*

A ausência de qualquer ruído, o ambiente iluminado apenas pelos *pixels* [4] da *tv* e pela vaidade de *Selene*, e a atmosfera de noite de falso-inverno encheram Tom com melancolia, poro a poro, refrigerando a raiva que começara a ebulir e diluindo a força de suas pernas, devolvendo-o ao sofá-útero.

Não consigo mais viver neste mundo...

Espremendo *"einstein"* com vigor, pulou de canal em canal. Insatisfeito, sem acionar o som, fixou num programa de paisagens aéreas. Sem legenda.

Puta programação de merda!

Aborrecido, puxou o ar pelas narinas profundamente, fechou os olhos e o expeliu pela boca pausadamente.

Respiração... Dizem que controlá-la é o segredo da meditação... E a meditação seria o caminho para a compreensão do universo...

Repetiu o procedimento, sem, no entanto, conseguir serenar.

---

[3] O botão de *mute* (mudo) é uma funcionalidade de dispositivos eletrônicos, que permite ao usuário desligar o som emitido pelo dispositivo.

[4] Pixels: os elementos com os quais são construídas as imagens digitais.

Isso não é respiração... Inspirar e expirar é apenas a mecânica da coisa... Respirar é trocar elétrons com átomos de oxigênio dentro das mitocôndrias [5]... E compreender ISSO é que é o caminho para a compreensão do universo. Mas quantos palermas sabem disso, porra?!

Tom levantou-se praguejando, dirigiu-se ao frigobar, pegou uma cerveja e ia retornando para o sofá-de-pregos quando estancou a meio-caminho.

"TUDO É TÃO DETESTÁVEL!"

Nem foi a clareza com que a estranha afirmação reverberou na cabeça de Tom, o que o paralisou. Foi a coisa negra empoleirada no guarda-corpo da sacadinha, que não tinha face.

Que merda é isso? – pensou, ficando mais gelado que a cerveja que segurava, que não largou porque sua mão se retesou junto com todo seu corpo.

Lentamente, a parte superior da coisa pareceu começar a se mover, apesar de meio-metro de sua massa escura permanecer estática.

Selene deu no pé, escondendo-se atrás de uma nuvem abobalhada no céu, o que fez minguar a luz externa e piorou a visão de Tom.

Quando a coisa completou ¾ de volta sobre si mesma e o encarou, Tom desmoronou no chão.

---

[5] Mitocôndrias: organelas celulares responsáveis pelo processo de respiração celular. Apresentam algumas características peculiares, como DNA próprio e dupla membrana.

                    Alex Crivier

* * *

– Pois é isso mesmo que eu estou te falando. Havia uma coisa preta na minha sacada!

– Defina "coisa" – cutucou Cris.

– Coisa-coisa, pô! Se eu soubesse definir melhor, acha que ficaria "fazendo fita"?

– Era uma máquina? Um animal? Um anão? Melhora aí, senão a conversa não vai. Você sabe que eu detesto "achismo".

Cris era a amiga mais próxima de Tom. Na verdade, ultimamente era a única.

– *"Há pessoas que sabem ver, e outras que nem sabem olhar..."* [6]

– Puta merda! – esbravejou Cris. – Dá pra não ser pedante por cinco minutos?

– Você me conhece! Acha que eu sou crédulo?

– Não mesmo. Disso ninguém pode te rotular. Mais cartesiano que você, só o próprio *René* [7].

____

[6] Citação de Gaspard-Félix Tournachon – pseudônimo: Félix Nadar (1820 / 1910). Fotógrafo, caricaturista e jornalista francês.
[7] René Descartes – pseudônimo latino: Renatus Cartesius (1596 / 1650). Filósofo, físico e matemático francês.

Tom baixou o olhar e calou-se.

Cris já conhecia aquela postura. Já há algum tempo que Tom não argumentava mais. Nem contra, nem a favor. Sobre nada. Andava depressivo, socado em seu apartamento, cheio de desculpas para não sair. Um milagre ele estar ali, na cafeteria dela.

– *"Tudo é tão detestável!"* – murmurou Tom.

– "Pópará"! Não vem deprimir meu café não, Tom. As coisas já estão por demais esquisitas no mundo, pra gente piorar! – protestou Cris.

– Não, não... Desculpa. Não é isso. A coisa disse pra mim: *"Tudo é tão detestável!"*

Cris olhou para ele com preocupação. Nem conseguiu disfarçar. *Pirou... Não posso mais deixá-lo sozinho... E agora?*

Tom percebeu.

– Cris, não tô louco não! Quer dizer, acho que ainda não.

– Tom, a "coisa" falou com você? PORRA! Você nem sabe dizer o que é e agora diz que CONVERSOU COM ELA? TÁ ME ZOANDO?

– Não, ela não falou comigo, assim, como a gente tá fazendo. Ela...

– Explica essa merda, antes que eu te proíba de tomar café aqui, que, aliás, você nem tocou. Você tem que parar de ficar acordado de madrugada. Vê se dorme, Tom. Você tá alucinando!

– Eu ouvi dentro da minha cabeça, um pouco antes de desmaiar. Era uma voz límpida e clara, meio vibrante. E feminina.

Cris emudeceu por um tempo. Ficou olhando o amigo e revirando um monte de gavetas em suas memórias pra ter certeza de que aquele maluco que ali estava era mesmo o Tom, o cara mais inteligente que já conhecera, verdadeira *Barsa* [8] ambulante, eloquente e mortal nas discussões, destruidor implacável de "debatedores de *internet*" desavisados.

Resolveu dar crédito.

– Tá, Tom; a "coisa" comunicou-se com você telepaticamente; *"Tudo é tão detestável!"*; quem pode saber o que isso significa?

– É Gorki [9].

É claro... Ele sabe... Minha nossa... Não sei por que ainda me espanto... – Tom, querido, me explica...

– Gorki é um pseudônimo, significa "O Amargo". Ele foi um ativista e escritor russo, contemporâneo de Lenin [10]. No período pré/pós 1917, no caldei-

---

[8] Barsa - Enciclopédia brasileira criada em 1964 por Dorita Barret.

[9] Alexei Maximovitch Peshkov – pseudônimo: Máximo Gorki (1868 / 1936). Escritor e ativista político russo.

[10] Vladimir Ilyich Ulianov – pseudônimo: Lenin (1870 / 1924). Revolucionário comunista e político russo.

rão da revolução bolchevique, a Rússia cozinhou caos. Gorki descreveu cavalos mortos nas ruas e carnificina generalizada: *"Tudo é tão detestável!"*

– Não vejo conexão entre isso e a "coisa" – participou Cris.

– O molusco [11] desgraçado estava na *tv*. Meus sentimentos com os rumos do nosso país se resumem na citação do Gorki: *"Tudo é tão detestável!"* – repetiu Tom. – *"E nauseabundo."* ... É a frase completa. Fiquei irritado e aí tudo aconteceu.

Cris não quis dar continuidade a aquilo.

– Tom, você precisa descansar. Olha pra você! Tá pálido que nem talco velho! Cuidado com o sol, hein? Vai desintegrar e virar pó!

– Cris, você é a única pessoa com quem consigo conversar sem acabar com vontade de chorar. Você é inteligente, perspicaz, espirituosa. Você consegue ver o que eu vejo. A diferença é que você consegue ser resiliente. Eu não. Cris, estão implantando a porra da linguagem neutra nas escolas públicas...

– O molusco está aí, ora bolas; temos que lidar com isso, Tom.

– Não! A sociedade precisa extirpá-lo. Ele é um TUMOR! Seu partido é um câncer, sua ideologia é metastática! Logo também teremos animais mortos

---

[11] Nota do autor: o leitor pode imaginar de quem se trata.

   Alex Crivier

pelas ruas! Olha o que tá rolando: coisas como justificação de "crime por necessidade"; tolerância a "crime de pequena monta"; liberação de meliante com posse de drogas para si e para os amigos como sendo "tráfico privilegiado"; consideração como legal a posse de droga ilegal; abolicionismo penal; legalização de ouro ilegal mediante simples alegação de desconhecimento da origem; liberação, em datas festivas, de bandidos presos por crimes hediondos; conversão de pena para regimes abertos, de assassinos contumazes; mulheres desencarceradas só por serem mães, não importa o crime que tenham cometido; nas escolas públicas, transferência automática de série, por "progressão continuada", de alunos semianalfabetos; o Estado como uma "máquina de fabricar dinheiro", que pode gastar sem qualquer limite, escravizando todas as gentes ignorantes com uma renda sem contrapartida, mesadas ilusórias que os condenam à miséria moral, e por aí vai! Aqui é a terra dos PALERMAS, Cris! Eu VIVO nesta sociedade! Não tenho como me apartar dela. E essa turma cretina está corroendo todo e qualquer conceito de ORDEM possível e imaginável, com sofismas ardilosamente construídos com a finalidade de jogar as pessoas umas contra as outras. E, ademais, ele, o maldito MOLUSCO, é muito BURRO! – exaltou-se Tom. – Cris, o cabra acaba de agradecer à África pela escravidão! Nós somos a piada do momento no mundo!

– Cara, ou você começa a relevar as coisas, ou as "coisas" não vão sair da tua sacada...

* * *

3h32. A brisa entrava pela folha aberta da porta de correr de ferro do apartamentinho. Tom já estava morto no sofá havia um bom tempo, e a luz grisalha da *tv* transpassava sua projeção astral, que flutuava indecisa perto do teto.

3h33. *"TUDO É TÃO DETESTÁVEL!"*

A frase se propagou na junção temporal parietal do cérebro de Tom, que imediatamente melou a bizarra experiência extracorpórea em curso, ajustando o giro angular direito e refundindo ao corpo o produto fosforescente do seu material cinzento, tirando-o do estado de animação suspensa em que se encontrava.

Quase uma ressuscitação.

Atordoado, espremeu os olhos para conseguir foco e olhou para a sacada. A coisa estava lá, negra, imóvel no guarda-corpo.

Impassível.

Mas desta vez o fitava.

Tom olhou para o relógio da *tv*: *3h33! Tá de brincadeira?!*

Num gesto surpreendentemente rápido para quem estava aturdido, pegou o chinelo do pé direito e arremessou-o com força na direção da coisa.

O projétil de policloreto de vinila [12] passou batido pela sacada, caindo no capô de um carro estacionado na garagem abaixo e disparando o alarme.

Tom aproximou-se da porta. A sacadinha estava vazia e a brisa passava por ele, mas, mesmo com toda a barulheira da sirene a confundir sua mente, teve certeza de ter ouvido:

"EGO SUM NOCTUA."

Era uma voz límpida e clara, meio vibrante. E feminina.

---

[12] Policloreto de vinila (em inglês: Polyvinyl chloride - PVC): é um dos polímeros sintéticos de plástico mais produzidos no mundo, com uma vasta possibilidade de aplicações. Pode ser categorizado entre rígido (não modificado) ou flexível (plastificado).

Alex Crivier

* * *

– Tacou o chinelo na "coisa"? E errou?

– Devo ter errado, né Cris?! O Chinelo foi parar no térreo, não acertou nada.

– Ou atravessou... né?

Tom amuou. Não queria considerar tal possibilidade. Não podia. Isso tinha muitas implicações. Racionalizações infinitas...

– Tom, quando você começou com essa conversa de "coisa", eu não quis te dizer na hora porque sei que você ia desfiar o rosário pra cima de mim, e eu não ando com saco. A "coisa" é uma aparição! Sou *expert* nisso. Já vi um monte. Só nunca falei com nenhuma...

Tom sentiu os pelinhos da nuca subirem.

– Uma "aparição", Cris? O que diabos isso quer dizer? E, ademais, então é uma aparição muito erudita!

– Por quê?

– ...

– Tom, desova ou vaza da praia.

– Ela falou comigo de novo...

– Sei... telepaticamente...

– Vai zoar, vou embora! – ameaçou Tom.

– Não, amigo, não vou – contemporizou Cris. – É que isso tudo tá muito estranho, você percebe?

– Sei que eu não estou louco. Eu ouvi direitinho: *"Ego sum noctua."*

– Latim? *Meu Deus!...* – Deixa eu ver... "Eu sou a noite." Viu? Também sou inteligente! – gabou-se Cris.

– Muito bom, Cris, você é o máximo. Seu curso de Línguas valeu cada centavo. Mas *"Ego sum noctua"* também pode ser *"Eu sou uma coruja noturna"*.

– Não sabia que tinha coruja diurna... – espetou Cris. – Mas coruja é *"bubo"*.

– Então... analisando bem, a forma como a coisa se comportou lembra sim uma coruja... o modo como se apoiou no guarda-corpo... até o modo como virou quase toda a cabeça pra me encarar. Corujas conseguem girar o pescoço em 270 graus. Mas é muito negra, parece uma massa escura... e é bem maior que uma coruja...

– Pronto, resolvido! Explicado! É uma coruja! Tchau, Tom. Toma seu café, que você nem mexeu, e me deixa trabalhar, vai.

– Eu vou Cris, mas não parece ser tão simples assim. Tem algo mais que eu não mencionei.

– O que seria, Tonzinho? – disse Cris, levantando-se da mesa, inclinando-se na direção do amigo e apoiando as palmas das mãos no encosto da cadeira.

– 3h33. É o horário que a coisa se manifesta...

– PUTA MERDA!

* * *

3h33. *"DEIXE QUE O CAOS SE ESTABE-
LEÇA, PARA QUE AS ESTRELAS DANCEM."*

A *tv* inundava o ambiente com fótons [13], mas
nenhum fônon [14].

Selene espiava, curiosa.

Jogado no sofá-tumba, *"einstein"* jazia inútil.

Tom pairava na sala, defronte para o guarda-
corpo da sacada.

A coisa o encarava. Ele já esperava.

Nietzsche [15]...

Tom buscou forças no ar da noite e mandou:

---

[13] Fótons: partículas que compõem a luz. Podem ser definidos como pequenos "pacotes" que transportam a energia contida nas radiações eletromagnéticas.
[14] Fônon: onda de perturbação, semelhante à sonora, que se propaga num cristal. Partícula hipotética equivalente, em energia, a essa onda.
[15] Friedrich Wilhelm Nietzsche (1844/1900) - Filósofo, filólogo, crítico cultural, poeta e compositor prussiano.

– O que é você? O que quer de mim? Você é uma alucinação criada dentro da minha cabeça? Estou louco?

"LOUCO, NÃO."

A resposta objetiva, ressoando na mente de Tom, produziu um *insight*:

– Então... seja lá o que você for... é capaz de me entender. É consciente... – murmurou desconfiado.

"A CONSCIÊNCIA É UM ÓRGÃO BIOLÓGICO. UTILIZA TODO O CORPO. NÓS SOMOS IMPULSOS. PARA TER CONSCIÊNCIA, É PRECISO SENTIR."

Nietzsche de novo...

Ressabiado, Tom tentou se concentrar.

"Os sentidos me enganam. Devo duvidar de tudo." *Descartes. É isso. Estou conversando mesmo com uma alucinação. Meus sentidos estão me fodendo. É esta merda de mundo! Vou ignorar essa coisa.*

Preciso voltar à razão.

Mas... espera aí...

– "Nós"? Como assim, "nós"? Por acaso você só recitou o Nietzsche como um bom papagaio muito feio, ou você se inseriu no contexto, hein?! EU sou humano! EU tenho consciência! Você é uma... uma aparição, porra!

"FOI UMA CITAÇÃO. *'A MOSCA PODE SE ACHAR O CENTRO DO MUNDO ALADO, EM SUA PERSPECTIVA.'* ESTA TAMBÉM O É."

– Vá à merda! Se citar Nietzsche mais uma vez, não vou errar o chinelo de novo, sua coruja besta!

A coisa se manteve absoluta.

Percebendo a deselegância de sua postura diante da aura de superioridade agora emanada pela coisa, Tom murchou.

– O que quer?

"SONDAR CONTIGO A *INTELLIGENTIA*."

– Não tenho nenhuma inteligência excepcional. O que tenho é uma boa memória e um senso crítico deslumbrado. É uma maldição.

"NÃO ME REFERI À TUA."

– Ah! – Tom roxeou. – E onde isso vai me levar? À constatação da minha burrice ou da minha insanidade?

"PODE LIBERTAR-TE."

– Não sou prisioneiro de nada... não que eu saiba...

"ESTÁS PRESO A UMA ANGÚSTIA ABISSAL. NÃO PODES SEGUIR, SE NÃO A SUPERAR."

O diagnóstico certeiro da coruja psicanalítica desarmou Tom, que começou a agir com mais naturalidade, apesar da situação bizarra.

– O que é você, já que está se mostrando um fracasso como alucinação?

"A MOSCA É O MENOR DOS PÁSSAROS."

– ... ?

Tom ficou pensando que poderia ser uma charada. *Corujas comem insetos?* Tentou disfarçar e ganhar tempo:

– Moscas... Você fala muito nelas...

"ERA UM AXIOMA [16] NO SÉCULO XV."

– E o que isso tem a ver com a sua identidade, afinal? – desentendeu Tom.

"SOU NOCTUA. FIQUEMOS ASSIM. É ADEQUADO AO TEU DISCERNIMENTO ATUAL."

---

[16] Postulado aceito como verdade.

Alex Crivier

* * *

– Tacou o chinelo na "coisa" de novo? Como assim?

– Ela me insultou, Cris! Devia ter tacado o *"einstein"*. É mais aerodinâmico, teria sido mais preciso.

– *"Einstein"*? Não entendi.

– O controle remoto da *tv*...

– Por que o chama de *"einstein"*?

– Ora, Cris, me poupa! Não é óbvio? – impacientou-se Tom.

– É tudo, menos óbvio, Tom.

– Einstein [17] ganhou o Nobel por ele em 1921, pô!

– Não tenho a sua cabeça, Tom. Explica. E duvido que a Academia agraciaria uma coisa que elevou a preguiça ao *status* de doença crônica.

– Einstein é o pai da "lei do efeito fotoelétrico", não do controle remoto. Mas, por causa dele, um feixe de luz de determinada frequência, emitido por

---

[17] Albert Einstein (1879/1955) - Físico teórico alemão.

uma fonte – o controle –, é capaz de ejetar elétrons da superfície de um metal – o dispositivo fotossensível na *tv* –, acionando-o. Luz gerando ação mecânica à distância.

– Tom, em 1921 nem tinha televisão...

– Já sabiam converter energia luminosa em energia elétrica em 1873, Cris. Usando selênio. É a base para transmitir e receber imagens.

Afffff!!!!! – Você é doido, sabia? Ninguém fica matutando essas coisas. E por que estamos falando disso?

– É minha cabeça, pô! Ademais, VOCÊ perguntou!

– Ok, ok. Vamos voltar ao assunto polêmico. Disse que a "coisa" ...

– *Noctua*.

– Tá. *Noctua*. Decidiu se é "coruja" ou "noite"?

– Ainda não sei o que ela quis dizer... Parece uma coruja, mas é negra como a noite.

– Ok. A tal *Noctua* te insultou... Como? Preciso dos detalhes mórbidos pra um dia, quem sabe, usar contra você – brincou Cris.

– Ela disse que queria *"sondar comigo a intelligentia"*, mas não a minha. Insinuou que eu era medieval. E disse que queria me libertar da minha angústia...

Alex Crivier

Se a inteligência do Tom é medieval, eu devo ser pré-histórica, então... – Mas, Tom... "sondar" ...; te "libertar" ...; tá fazendo análise com essa aparição?!

– Cris, o que você sabe sobre 3h33?

Cris parou de brincar. Até então, estava levando a coisa toda "meio que" levianamente.

Mas 3h33 não era brincadeira para ela.

– Tom, na última vez em que conversamos sobre coisas espirituais/religiosas, ou, como você prefere, metafísicas, você me detonou. Ainda tô digerindo a treta da Sara [18] com a Agar [19], naquele rolo do Abraão [20], tá bom?

– Cris, seja lá o que for que está me "visitando", é real! Ou pelo menos parece que é... Estou aberto a hipóteses.

Cris hesitou. Por fim, disse temerosa:

– 3h33 é a "hora macabra", ou a "hora do tempo morto". É quando ocorre a "paralisia do sono". É quando morrem as pessoas enfermas debilitadas e os muito velhos. E é a metade de 666...

– Tchau. Te vejo depois.

---

[18] Esposa de Abraão, mãe de Isaac (um dos patriarcas israelitas).

[19] Serva egípcia de Sara, mãe de Ismael (considerado pelos muçulmanos como o ancestral dos povos árabes).

[20] Personagem bíblico (entre XXI e XVIII a.C. - estimados). Primeiro dos patriarcas, fundador do monoteísmo dos hebreus. Pai de Ismael e Isaac.

– Tom!

Diacho! E ele nem tocou na xícara de café de novo...

* * *

"SUPERAMOS A FASE DE AGRESSÕES?"

Tom olhava desanimado para a aparição.

– Tenho escolha?

"TENS INTELIGÊNCIA."

– Que diferença faz?

"O LATIM *INTELLIGENTIA* É ORIUNDO DE *INTELLIGERE*. *INTER/INTUS*: ENTRE/DENTRO; *DELIGERE/LEGERE*: ESCOLHER/LER."

– E...? – desdenhou Tom.

"SER INTELIGENTE É SABER LER AS COISAS POR DENTRO E ESCOLHER A MELHOR ALTERNATIVA."

– Chamam isso de livre-arbítrio por aqui.

"**NÃO!**" – *Noctua* subiu o tom pela primeira vez. "LIVRE-ARBÍTRIO IMPLICA SOMENTE VONTADE. NÃO INTELIGÊNCIA."

Diante da assertiva da coruja, Tom recolheu-se por um momento dentro de uma bolha de vergonha.

De repente, não mais que de repente, descobriu o significado da palavra humildade, coisa que nunca experimentara. Nunca abaixara a cabeça antes.

Percebeu que estava diante de um ser superior – o que quer que aquilo fosse – e estava sendo testado.

– Mas, e se eu não souber "ler as coisas por dentro", por ainda não ter aprendido a fazê-lo? Ou se eu simplesmente me enganar, e escolher mal, por ser imaturo, por exemplo? Estando convicto de algo, como saberei que posso estar equivocado?

"NÃO SABERÁS."

– Então estou condenado a errar – concluiu Tom resignado.

"ESTÁS CONDENADO A ARRISCAR."

Noctua ajeitou-se no guarda-corpo da sacadinha, desarmando a entidade rígida que até então se manifestara.

Uma silhueta mais *relax*, por assim dizer, continuou a interação.

"É INEVITÁVEL. TAL PROCESSO CHAMA-SE EXPERIÊNCIA. E NÃO PODE SER ENSINADO."

– Você definiu a etimologia da palavra, mas humanos percebem "inteligência" como a faculdade de entender, pensar, raciocinar, interpretar.

"MECÂNICAMENTE, É ISSO."

– Está resumindo tudo a processos cerebrais que ocorrem automaticamente e pronto?! – surpreendeu-se Tom.

"TUDO, NÃO. A INTELIGÊNCIA."

– Olha, dona Coruja, eu me considero um cara inteligente, sem falsa modéstia. Sou ciente de que não sou o sabichão, nem um gênio; e nem mesmo acho que sou sábio – que, aliás, não acredito que exista – mas tenho certeza de que estou um pouco acima da média.

"ESTÁS SITUADO EM RELAÇÃO AO TEU MEIO APENAS. 'A MOSCA PODE SE ACHAR O CENTRO DO MUNDO ALA..."

– Tá! Foda-se a mosca, caralho!

Tom poderia jurar para si mesmo que percebeu uma ironia no eco da frase de *Noctua* em sua mente.

Aquilo estava ficando irritante.

"*O HOMEM É TUDO EM RELAÇÃO AO INFINITAMENTE PEQUENO, E NADA EM RELAÇÃO AO INFINITAMENTE GRANDE.*"

Pascal [21] *... pelo menos ela deu um tempo no Nietzsche...*

---

[21] Blaise Pascal (1623/1662) - Matemático, escritor, físico, inventor, filósofo e teólogo francês.

"A CONSCIÊNCIA É UM ÓRGÃO BIOLÓ-GICO. UTILIZA TODO O CORPO. NÓS SOMOS IMPULSOS. PARA TER CONSCIÊNCIA, É PRECISO SENTIR."

Putz! Falei cedo demais... – Além de insetos, você parece ter uma quedinha também pelo Nietzsche... – provocou Tom. – Gosta de filósofos? Então: *"Encontre-me um filósofo que conforte minha velhice."*

Tom sentiu-se confiante com sua citação. Tinha certeza de que *Noctua* não poderia saber de quem se tratava.

"OS POBRES COLHEM O QUE OS INTELEC-TUAIS SEMEIAM." [22]

– Desconheço tal frase – confessou Tom, com uma ponta de constrangimento.

"NÃO É DE UM FILÓSOFO, É DE UM PSIQUIATRA, DALRYMPLE, ASSIM COMO TUA CITAÇÃO É DE UM PINTOR. EDWARD HOPPER [23] SE EXPRESSAVA MELHOR NAS TELAS. NUNCA FOI UM MESTRE DAS PALAVRAS."

– Está insinuando algo?

---

[22] Citação de Anthony Daniels – pseudônimos: Theodore Dalrymple e Edward Theberton, entre outros. Médico psiquiatra e escritor britânico.

[23] Edward Hopper (1882 / 1967) - Pintor, artista gráfico e ilustrador norte-americano conhecido por suas misteriosas pinturas de representações realistas da solidão na contemporaneidade.

Alex Crivier

"NÃO ACHAS ESTRANHO CONHECERES TÃO BEM AS CITAÇÕES QUE USEI?"

– Agora que mencionou... ou eu sou foda, ou...

Tom corou.

"O ALVO PODE SER DESENHADO AO REDOR DA FLECHA." [24]

Aquela bolha de vergonha voltou mais espessa e absorveu Tom, que ficou flutuando à esmo na saleta do apartamento.

---

[24] Dito popular.

*   *   *

Tom esperava impacientemente na porta de entrada da cafeteria de Cris.

Reconhecia que era muito cedo, mas não estava aguentando a ansiedade.

Tinha que consultar a amiga.

– Pô, Cris! Não tá atrasada?

Cris olhou para Tom com toda a precisão de quem ainda não tinha acordado direito.

– "Quem cedo madruga, tem sono à tarde", Tom. Não conhece o ditado? E "deixeu" adivinhar: você ainda não dormiu, né?

– Dormir como? Estou numa sabatina! A coruja está me massacrando! Nunca me senti tão estúpido!

– Vem, Tom, vou servir um café pra nós. Vê se toma desta vez!

Tom ficou vagando de um lado a outro do pequeno salão da cafeteria, inquieto.

Alguns funcionários foram chegando, assumindo suas posições no balcão e no *backstage* e iniciando as atividades do estabelecimento, que já recebia os primeiros clientes do dia.

Quando Cris sentou-se com dois *cappuccinos* numa das mesinhas de canto, o lugar já fervilhava.

– A porra da coruja sabe tudo que eu sei! E o que eu não sei! – despejou Tom, praticamente acocorando-se na cadeira.

– Corujas simbolizam a sabedoria. Uma coruja metafísica, então, só pode ser a sapiência em pessoa. Quer dizer... em coruja... hehehehe.

Tom fuzilou Cris com o olhar.

– Ah, Tom, dá um desconto! Eu TENHO que tirar um sarrozinho disso tudo, né? – aliviou a moça, assoprando seu *cappuccino*.

– Eu me expressei mal. Eu quis dizer que ela tem conhecimento do que eu sei e do que eu não sei. Se eu sei de algo, ela sabe que eu sei. E se eu não sei de algo, ela sabe que eu não sei!

– Péra... – Cris fechou os olhos, abaixou a cabeça e pousou as mãos na testa, mantendo os cotovelos na mesa. – É muito cedo, Tom – murmurou. – Meu cérebro ainda não saiu da cama.

– Você sabe mais sobre 3h33 do que me falou. E não vem com a besteira de ser metade do número

     Alex Crivier

da "besta", ok? 666 era só um dos códigos para se referir a Nero [25].

– Essa do Nero eu nem sabia...

– Cris...

– Tá bom! Tua coruja é *Lauviah* [26]! Pronto, falei! Pode começar a me aporrinhar agora.

– Um ANJO?! Nem fodendo!

Cris terminou seu cappuccino e, desanimada, ficou mexendo com a colherzinha na outra xícara, intocada...

---

[25] Nero Cláudio César Augusto Germânico (37/68 d.C.). Imperador romano, último da dinastia júlio-claudiana.

[26] Na Angelologia, o Anjo Lauviah rege entre os dias 11 e 16 de junho e a sua essência é "revelação", que nos permitiria vislumbrar, num ápice, o grande mistério do mundo.

* * *

Lauviah... Não, Cris, não dá. Eu sei que você estudou Línguas, Astrologia, Oráculos e o escambau... Mas esse negócio de anjos, sentinelas, vigias, guardiões... Cris, é muita forçação de barra pra minha cabeça. A gente já cansou de discutir por causa desse seu tesão por bobagens esotéricas. Eu sei que tem inteligência aí dentro dessa caixola, e eu sei que não é pouca. Mas tem hora que você me trinca...

Cansada de exibir para ninguém, a *tv* se autodesligara. Tom devaneava, aspergido na atmosfera escura e densa do apartamentinho. A ideia de que poderia estar interagindo com uma crendice popular era inadmissível para ele. Por um momento, esqueceu-se de que o contexto geral era todo absurdo. Fosse o que fosse, *Noctua* era um absurdo.

Pode ser qualquer merda... Mas a porra de um anjo, NÃO!

"PODEM, EM HEBRAICO, AS PALAVRAS 'DEUS' E 'TALVEZ' SER A MESMA COISA."

Tom condensou-se imediatamente ao ouvir ressoar em sua mente aquela voz límpida e clara, meio vibrante. Não teria dúvidas em apostar que era a coruja metida a besta, não fosse um detalhe: agora era uma voz masculina...

A coisa de pé no vão da porta de ferro envidraçada estava envolta em uma névoa negra, mas agora definitivamente não era a silhueta de uma coruja. Tinha feições humanas, um rosto forte, quase que talhado em mármore grego *White* Thassos, emoldurado por uma cabeleira longa e ondulada, ainda mais negra que a névoa que ebulia ao seu redor.

Putaquipariu! Fodeu!

A Cris tinha que ver isso...

Tom ficou marcando passo, incapaz de falar qualquer besteira. Recusou-se a chamar a coisa com o novo modelito de... *Lauviah*? – embora tenha realmente considerado a hipótese diante de tal figura.

Resolveu especular antes de aceitar aquilo como um... *Droga!* anjo...

– Por que resolveu se manifestar assim agora? Você não era uma coruja?

"EGO SUM NOCTUA."

– Então... Coruja noturna, em latim.

"NÃO OUVISTE 'EGO SUM BUBO'."

Diacho! A Cris tava certa...

– Você é... a noite? – perguntou hesitante, apavorado com a significância indireta do termo: escuridão.

"NO TEU ESTADO ATUAL, É O QUE SOU."

Alex Crivier

– Cadê a voz feminina? Agora você soa grave. Por quê? Tem a ver com seu gênero?

Tom tentava pescar informações sobre a natureza daquela entidade, sem, no entanto, deixar parecer óbvio demais que o fazia.

"O GÊNERO ESTÁ EM TUDO. TUDO TEM SEUS PRINCÍPIOS MASCULINO E FEMININO; O GÊNERO MANIFESTA-SE EM TODOS OS PLANOS DA CRIAÇÃO. O MASCULINO ENTREGA; O FEMININO RECEBE [27]. MAS, CLARO ESTÁ, DEVO PRESERVAR A HARMONIA ENTRE A IMAGEM E A LINGUAGEM QUE APRESENTO, OU INCORRERÍAMOS EM EQUÍVOCOS."

– Ok. Olha, eu já entendi que você é algum troço metafísico e tal, e eu não vou te rotular de nada porque senão eu piro, tá legal? Isso é um sonho e o *fdp* do meu subconsciente resolveu revirar tudo que eu um dia já li, vi e ouvi, bater no liquidificador e me servir como vitamina nas madrugadas. Por que, justo agora que você resolveu aparecer com esse rostinho de David-de-Michelangelo [28], você falou em Deus?!

____

[27] Lei do Gênero: descrita no livro "O Caibalion" - literatura hermética - O Hermetismo é uma tradição filosófica e religiosa baseada principalmente em textos pseudoepigráficos atribuídos a Hermes Trismegisto (figura mística de origem sincrética).

[28] David: escultura do artista renascentista Michelangelo, retratando o herói bíblico com realismo anatômico. Considerada uma das mais importantes obras do Renascimento (1504).

"O HISTORIADOR É O PROFETA DO PAS-SADO"

– Hegel [29]... Você é mesmo o rei dos aforismos.

"SÃO ÚTEIS PELA CONCISÃO. MAS HÁ UMA RAZÃO MAIS SUBLIME PARA UTILIZÁ-LOS: 'O AFORISMO CONSTITUI UMA DAS MAIORES PRETENSÕES DA INTELIGÊNCIA, A DE REGER A VIDA.' COMO VÊ, MUITO PRECISO."

– Drummond [30]. Gosto mesmo demais de filó-sofos. Os aprecio mais ainda quando são poetas. Mas vamos parar de brincar. Se não sou inteligente o suficiente para você, por que insiste em me usar para investigar a *"intelligentia"*, afinal?

"ENXERGAR COM GRANDE AMPLITUDE ESTE MUNDO PODE LEVAR A UMA GRANDE ANGÚSTIA. ESTÁS PRESO A ISSO."

– Huh!... Já me disse isso. E daí? Você deixou claro que não veio investigar a minha inteligência.

"HÁ UMA FALHA NA TUA INTELIGÊNCIA. É O MOTIVO DE ESTARMOS AQUI, TU E EU."

– Cara, você é um saco! Se minha inteligência é, na sua opinião, meu problema, como posso escapar disso? Emburrecendo?

---

[29] Georg Wilhelm Friedrich Hegel (1770/1831) - Filósofo germânico.
[30] Carlos Drummond de Andrade (1902/1987) Poeta, contista e cronista brasileiro.

Alex Crivier

"ENTENDENDO O QUE É INTELIGÊNCIA. ENTENDENDO QUE ELA É APENAS UM FRAGMENTO DO PROCESSO. O HOMEM NÃO ESTÁ ACABADO, NÃO ESTÁ FINALIZADO. O UNIVERSO, E TUDO NELE, É PROCESSO."

– Tá bom. Vou propor, então, que façamos uma revisão da vossa sublime pedagogia, pra eu tentar começar a entender o que você quer comigo. Comecemos pela sua primeira aparição – por sinal, muito teatral, tenho que pontuar –, quando o molusco cretino estava discursando na *tv* e eu comecei a passar mal. Então, aproveitando, me explica, por favor, COMO UM PALERMA DAQUELES PODE SER O PRESIDENTE?

O que eu tô fazendo, meu pai? Tô argumentando com uma alucinação! Então a loucura é assim? Mas... é louco quem se sabe louco? Como eu faço pra acordar, caramba?

"GORKI ERA INTELIGENTE, ASSIM COMO LENIN. MAS GORKI, ASSIM COMO TU, ENXERGAVA COM BASTANTE AMPLITUDE AS COISAS DESTE MUNDO. ENTÃO, TENTOU AGIR COMO UMA CONSCIÊNCIA PARA O LÍDER BOLCHEVIQUE: *'TUDO É TÃO DETESTÁVEL E NAUSEABUNDO'*, DISSE ELE SOBRE A BARBÁRIE NAS RUAS. TU O SABES. MAS LENIN TINHA OUVIDOS À PROVA DE PALAVRAS, ASSIM COMO O 'MOLUSCO'. TU CLASSIFICARIAS LENIN COMO UM 'PALERMA' TAMBÉM?

– Só um palerma se ilude com a natureza humana a ponto de acreditar que a coletividade poderia se tornar uma unidade.

"SER INTELIGENTE É SABER LER AS COISAS POR DENTRO E ESCOLHER A MELHOR ALTERNATIVA. NÃO SE TRATA SÓ DE ENTENDER, PENSAR, RACIOCINAR, INTERPRETAR. ISSO TODOS OS SERES VIVOS JÁ FAZEM, MECANICAMENTE, COM UM MAIOR OU UM MENOR GRAU DE COMPLEXIDADE E CONSCIÊNCIA. ENTÃO: *'DEIXE QUE O CAOS SE ESTABELEÇA, PARA QUE AS ESTRELAS DANCEM.'* ÀS VEZES, É PRECISO IMPLODIR A ESTRUTURA PARA QUE UMA NOVA SEJA CONSTRUÍDA. NÃO SE REFORMA PRÉDIO CONDENADO. *'O PODER ESTÁ EM TODA PARTE, E EM TODA PARTE ONDE ELE ESTÁ, HÁ RESISTÊNCIA.'* [31] LENIN NUNCA ACREDITOU QUE A COLETIVIDADE PODERIA SE TORNAR UMA UNIDADE. VOU TER QUE SER REPETITIVO ATÉ QUE TU ENTENDAS: SER INTELIGENTE É SABER LER AS COISAS POR DENTRO E ESCOLHER A MELHOR ALTERNATIVA. CLARO ESTÁ QUE A GRANDE QUESTÃO É: MELHOR ALTERNATIVA PARA QUEM? PARA QUAL PROPÓSITO? LENIN 'LEU' O MOMENTO HISTÓRICO DE SEU PAÍS E ESCOLHEU A MELHOR ALTERNATIVA PARA SEU PRÓPRIO DESÍGNIO: O CAOS.

---

[31] Citação de Michel Foucault (1926 / 1984). Filósofo, teórico social, filólogo, crítico literário e professor francês.

Alex Crivier

ELE QUERIA DESENVOLVER O QUE QUER QUE
EMERGISSE DA CONVULSÃO QUE PROMOVEU,
NÃO TENDO, NA VERDADE, A MENOR IDEIA DE
COMO FARIA ISSO. ESTANDO CONVICTO, ES-
TAVA CONDENADO A ARRISCAR. LENIN VIU
QUE A SOCIEDADE É UM ORGANISMO, E TAL
ORGANISMO PODE SER INFLUENCIADO E DIRI-
GIDO RUMO A QUALQUER PROPÓSITO. É EXA-
TAMENTE O QUE FAZ O TEU 'MOLUSCO' –
GUARDADAS AS DEVIDAS PROPORÇÕES, É
CLARO –, MESMO PORQUE ELE TEM UM AGRA-
VANTE SOBRE LENIN: ELE É A VAIDADE EM
PESSOA. ENQUANTO O BOLCHEVIQUE ERA
COMO UM ROLO COMPRESSOR MOVIDO A
ÓDIO PELA MONARQUIA, TEU 'MOLUSCO' É
UM DEMAGOGO [32], QUE ASPIRA ENTRAR PARA
A HISTÓRIA DISFARÇADO DE ESTADISTA E,
POR ISSO, É UM TANTO MAIS DESPREZÍVEL."

Perplexo, Tom piscava involuntariamente,
como se seu cérebro estivesse em sobrecarga. De repente atinou:

– Me esclarece uma coisa: como você sabe
quem é o molusco? Eu nunca mencionei o nome dele
pra você, e "molusco" é só uma alcunha – na verdade
é um codinome –, usado somente entre minha amiga
Cris e eu.

---

[32] Líder que ganha popularidade explorando emoções, preconceitos,
e ignorância para manipular a massa popular.

"O TODO É MENTE; O UNIVERSO É MENTAL [33]. ACHAS MESMO QUE TIVE QUE APRENDER TUA LINGUAGEM, TEUS COSTUMES, OU MESMO TUA REALIDADE, PARA ME COMUNICAR CONTIGO?"

– Cara, você é uma alucinação minha, porra! E, claramente, EU TÔ LOUCO! – surtou Tom.

"O CÉREBRO COMBINA FATOS E CRIA SIGNIFICADOS. NÃO ACEITA A FALTA DE CONTROLE. A CRENÇA É A CONFIGURAÇÃO PADRÃO DO SISTEMA COGNITIVO HUMANO. UM LOUCO SIMPLESMENTE NÃO TEM COMO SABER-SE LOUCO."

– Ããhhnn... bom, eu até já tinha pensado sobre isso... mas agora que mencionou, parece mesmo meio ridículo... se você é um troço metafísico, é claro que pode fazer coisas metafísicas, né? É incrível... até porque, você não reclamou do meu linguajar chulo. Os impropérios... os palavrões...

"TODO PENSAMENTO É ENERGIA. A LUZ É ENERGIA. ENTÃO TODO PENSAMENTO SE FUNDE À LUZ, E *EIN SOF* [34] É TODA LUZ. O SABER ESTÁ NOS SEUS ESPECTROS. DO SÂNSCRI-

---

[33] Lei do Mentalismo: descrita no livro "O Caibalion" - literatura hermética.

[34] Ein Sof - do hebraico: sem fim; infinito. Na Cabala: aquele que precede a criação. Deus-Infinito.

                                    Alex Crivier

TO TRADUZ-SE COMO *AKASHA* [35]. SE TU ME OUVES DENTRO DA TUA MENTE, É PORQUE EU ESTOU NA TUA MENTE. NÃO PRECISO QUE FALES PARA QUE EU SAIBA O QUE DIZES."

– Tá. Meio invasivo isso. Acho que não gostei. Mas... *Ein Sof*? O que quer dizer? Quem é você?

"HÁ INFINDÁVEIS DESIGNAÇÕES, OS HOMENS NÃO SE ENTENDEM QUANTO A ISSO. É INÚTIL ARGUMENTAR. EU FALAREI COM BASE NAS PRINCIPAIS TRADIÇÕES, A PARTIR DA SUMÉRIA – A CIVILIZAÇÃO MAIS ANCESTRAL DO CICLO MAIS RECENTE DA HUMANIDADE –, NA ANTIGA MESOPOTÂMIA, DONDE POVOS ASSÍRIOS, ACADIANOS, HEBREUS, CALDEUS, ÁRABES E OUTROS TÊM SUAS RAÍZES COMUNS, QUE ALIMENTARAM MUITAS CRENÇAS, COMO A JUDAICA, A CRISTÃ E A MUÇULMANA. ALGUMAS PARTES DE UMA – E OUTRAS PARTES DE OUTRAS –, SERVIRÃO PARA QUE ENTENDAS O PROPÓSITO DA MINHA MISSÃO CONTIGO."

– Acho que não ficou muito claro tudo isso... Os Homens não se entendem quanto às questões de fé porque nenhuma entidade se dignou a esclarecê-los. Tudo é a porra do "mistério" e todos se catam por se acharem mais espertos uns que os outros.

---

[35] Do sânscrito: espaço, céu, éter (cosmologia indiana). Os Registros *Akashicos* seriam os arquivos de todas as informações presentes em nossas vidas passadas, presente, paralelas e futuras.

"EU PODERIA INCLUIR EM MINHA EX-
PLANAÇÃO OS POVOS DE FLORESTA NA ÍNDIA,
ÁFRICA E AMÉRICAS, CUJAS NARRATIVAS SÃO
DE UMA RIQUEZA E INSPIRAÇÃO FASCINAN-
TES, MAS NÃO VIM ATÉ TI PARA ESMIUÇAR NE-
NHUM CONCEITO DE *GNOSE* [36]. VIM LIBERTÁ-
LO DA TUA ANGÚSTIA, PARA QUE EU TAMBÉM
POSSA SEGUIR."

– Tenho mesmo muitas angústias. Muitas, inclusive, por conta da merda da religião. Uma delas é
a lambança que rolou com o "Grande Patriarca" bíblico, o Abraão. Cara, como pôde? A mulher dele, a
tal da Sara, ficou décadas só querendo um filho! Aí
vem teu *Ein Sof* – que tô entendendo então que é
"Deus" –, nega e manda o maridão Abraão comer a
serva Agar, gerando o Ismael. Aí, só de sacanagem,
põe Viagra no vinho do Abraão e, é claro, o velho em-
placa o Isaac com a Sara, aos quarenta e cinco do segundo tempo. Meu, só podia dar merda! Duas mulheres debaixo da mesma tenda, ambas mães, mas
agora uma com um filho "legítimo" e a outra com um
filho "estorvo"? Tenha dó, né? Mas aí, como solução
salomônica, mandam a Agar e o Ismael pra se fode-
rem no deserto! Depois de tudo isso, a *Divina-Cri-
ança-Birrenta* resolve, então, exigir que o velhinho sa-
crifique o Isaac. O Abraão aceita e quase chega às vias
de fato, só para aparecer um lacaio na hora "H" e

---

[36] Gnose: o conhecimento intuitivo sobre o espírito e a natureza da
realidade.

                                   Alex Crivier

dizer: "Brincadeirinha, não precisa matar teu filho não. Aliás, ele será um dos patriarcas dos israelitas." Os judeus. Eu não imagino como o Isaac pode ter conseguido olhar na cara do papai Abraão daí em diante, depois de quase ter sido degolado por ele... Mas então, só para a sacanagem ficar ainda maior, o *Sádico-Suprassumo* resolveu salvar o Ismael da morte certa no deserto e fazer dele o patriarca dos ismaelitas. Os árabes. E assim, hoje, com essa herança maldita, JUDEUS E ÁRABES SE ODEIAM E SE MATAM NO MUNDO INTEIRO, PORRA! Então, não interessa o motivo pelo qual você veio me assombrar! SUMA DAQUI! Boa parte da desgraça humana tem sua origem em estórias de merda! E, QUER SABER? EU QUERO ACREDITAR EM ALGO, EU QUERO MUITO! MAS NÃO DÁ, TÁ LEGAL? NÃO DÁ!

Tom chegou a cuspir enquanto esbravejava. Esgotado, calou-se por um longo período, sem tirar o olho de *Noctua*.

– É uma merda – repetiu –, tenho que deixar isso registrado pra você, seja lá que "entidade" você for. E se quiser, vá em frente, me fulmine, não estou mais ligando, tá?

Noctua, visivelmente, esforçou-se para permanecer impassível... Tom esperou por um momento, certo de que seria torrado ou coisa assim.

Embora cansado, confuso, desconfiado e temeroso, resolveu prosseguir:

– Bom, já que não vai me detonar, e não quer mais me ver angustiado, vamos, então, voltar a tratar do que eu considero a FONTE TERRENA da minha angústia, ele, o grande tumor cancerígeno deste país, que envenena nossa sociedade a décadas: o molusco. Ele simplesmente NÃO PODE ser classificado como inteligente. Ele – e toda a patota dele – disseminam ideias monstruosamente absurdas.

"PRIMEIRAMENTE, *EIN SOF* NADA TEM A VER COM AS NARRATIVAS DA TUA ESPÉCIE. IRÁS ENTENDER, EU PROMETO. QUANTO AO 'MOLUSCO', TU SÓ NÃO O ENTENDES, PORQUE TUA INTELIGÊNCIA É INCOMPLETA. ESTE É UM CASO INCRIVELMENTE RARO, E É A RAZÃO PELA QUAL TENS EM TI O SENTIMENTO DO MUNDO. VERDADEIRAMENTE, SENTE TU A DOR DOS ABANDONADOS; A INDIGNAÇÃO DOS INJUSTIÇADOS; O ÓDIO DOS TRAÍDOS. E, PORQUE TENS A CAPACIDADE DE ENXERGAR AS SOLUÇÕES PARA O ESTADO DO HOMEM, ESTÁS DOMINADO PELA FRUSTRAÇÃO. TU SABES QUE GRANDE PARTE DA HUMANIDADE VIVE DO ERRO, DA FRAGILIDADE DO SISTEMA ESTABELECIDO. A RAIVA QUE SENTE TU PELO 'MOLUSCO' É PORQUE SABES QUE ELE REPRESENTA O ARRAIGAMENTO DE TAL SITUAÇÃO. O QUE ELE ESTÁ FAZENDO ACABARÁ POR ENSANGUENTAR TUA NAÇÃO. E TU ACHAS QUE, POR NÃO ENXERGAR ISSO, ELE É ESTÚPIDO E SEM INTELIGÊNCIA. ESTÚPIDO SIM, MAS NÃO O É

PORQUE NÃO ENXERGA. É JUSTAMENTE O CONTRÁRIO: ELE SABE O QUE ESTÁ NO FINAL DO CAMINHO; NA VERDADE, ELE ATÉ ESPERA SE APROVEITAR DISSO. E NÃO, SEM INTELIGÊN-CIA ELE NÃO É. ELE POSSUI AS GÊMEAS MALIG-NAS DA INTELIGÊNCIA, AQUELAS QUE TE FAL-TAM: A ASTÚCIA E A MALÍCIA."

– Eu sou... ingênuo? Quer dizer... bobo?

Tom encolheu-se.

"TENS OS OLHOS DA CRIANÇA. TU ESTÁS SEMPRE DE BOA-FÉ. ÉS INCAPAZ DO ARDIL. NÃO TE DEIXAS ENGANAR, OU SEJA, NÃO ÉS INGÊNUO NEM BOBO. MAS ÉS INCAPAZ DE EN-GANAR ALGUÉM OU DE SE APROVEITAR DE UMA SITUAÇÃO QUALQUER. ÉS CAPAZ DE ES-COLHER A PIOR ALTERNATIVA PARA TI, SE ISSO BENEFICIAR A OUTROS QUE ESTIMA. ESTA É A FALHA NA TUA INTELIGÊNCIA, QUE TE CONDENA À FRUSTRAÇÃO E À ANGÚSTIA, DA QUAL PRECISAS TE LIBERTAR, OU NÃO CONSE-GUIRÁS ROMPER TEU BLOQUEIO. EU NÃO ES-TARIA AQUI SE NÃO FOSTE ÍMPAR."

– Não me vejo assim tão virtuoso. Ajo como ajo simplesmente como reflexo do que sinto. Não viso um propósito, nem mesmo qualquer espécie de reconhecimento.

Inesperadamente, os olhos de Tom mareja-ram.

– Meu caráter e meu senso de honra são herança de minha mãe, que dizia que o que tua mão direita fizesse por alguém não deveria ser de conhecimento nem mesmo da tua própria mão esquerda – narrou, fazendo em seguida uma breve pausa, como que em respeito à memória dela. – E – continuou –, tenho certeza, as pessoas me veem mesmo é como arrogante e orgulhoso.

"TUA ARROGÂNCIA VEM DA TUA SINCERIDADE. QUANTO AO ORGULHO, NÃO O TENS. EM TEU MUNDO, TAL PALAVRA FOI TÃO CORROMPIDA QUE AGORA DESIGNA APENAS ATITUDES, COMPORTAMENTOS E *SLOGANS* RASTEIROS. PERDEU SUA SIGNIFICÂNCIA. EM TUA SOCIEDADE ATUAL, TUDO É EXPOSTO COMO ROTEIRO DE ENTRETENIMENTO E *MERCHANDISING*. TODO E QUALQUER CONCEITO É ESCULACHADO, DISTORCIDO E RIDICULARIZADO PARA A DIVERSÃO DAS PESSOAS, QUE NÃO TÊM MAIS QUALQUER REFERÊNCIA OU MODELO NO QUAL SE ESPELHAR. SÉRIES DE ANIMAÇÃO ÁCIDAS, COMO *SOUTH PARK* [37] E *RICK AND MORTY* [38], TORNARAM-SE O RETRATO DO TEU MUNDO. É PRECISO DECAIR BASTANTE, ANTES DE SE DECIDIR MUDAR. TUA ESPÉCIE

---

[37] *South Park*: série de animação adulta norte-americana que satiriza com humor negro a sociedade ao apresentar situações bizarras e surreais protagonizadas por crianças.
[38] *Rick and Morty*: série de animação adulta norte-americana de comédia e ficção científica, com linguagem chula e conceitos niilistas.

CONCORRE PARA A MISÉRIA DA QUAL SE QUEIXA."

"South Park? Rick and Morty? Minha nossa! Putaquipariu! Será que sou eu que estou projetando essa lambança pseudo–sei–lá–o–que–fenomenológica?"

Noctua concluiu:

"ESTÁS! E O QUE TU TENS, QUE CONFUN-DEM COM ORGULHO, É ALGO MUITO MAIS ELEVADO: TENS BRIO. ISSO ME TROUXE AQUI."

Tom ficou encabulado.

Há que se concordar, não é para menos.

Nessa altura de sua vida, lhe aparece essa coisa no apartamento dizendo que ele é "o cara".

Desdenhou:

– Olha, não sou nenhum John Lennon [39], não sou portador de nenhuma mensagem de paz para o mundo, tá? Muito menos sou uma Madre Teresa de Calcutá [40]. Tenho minhas ressalvas ao "coitadismo". Acho que você errou de sacada quando veio aqui.

____

[39] John Winston Ono Lennon (1940 / 1980) - Cantor, compositor e ativista da paz britânico, fundador do grupo The Beatles, a banda de maior sucesso comercial na história da música popular.
[40] Anjezë Gonxhe Bojaxhiu (1910 / 1997) - Também conhecida como Santa Teresa de Calcutá - Religiosa católica albanesa naturalizada indiana, fundadora da congregação das Missionárias da Caridade.

"LENNON ERA PURA VAIDADE. TERESA AMAVA A MISÉRIA MUITO MAIS QUE OS MISERÁVEIS."

– Afinal, que coisa é você? – ousou Tom, julgando que não poderia continuar com aquilo se não houvesse uma resposta satisfatória.

Ignorando ser tratada como "coisa", a coisa declarou:

"NUMA DEFINIÇÃO INEXATA – MAS QUE TALVEZ TU POSSAS COMPREENDER: BASICAMENTE, UMA MANIFESTAÇÃO DE YESOD [41], A NONA SEPHIRA [42] DE EIN SOF, TERCEIRA TRÍADE [43], DISTANTE UMA EMANAÇÃO LUMINOSA DE NETZACH [44], ONDE RESPLANDECEM ELOHIM [45], A QUEM RESPONDO. TERÁS QUE TE ESFORÇAR, POIS HÁ ARMADILHAS E MANIPULAÇÕES NOS TEXTOS E NAS TRADIÇÕES. A VERDADE NÃO É OFERTADA, DEVE SER CONQUISTADA."

Tom explodiu.

---

[41] Yesod: nona esfera da Árvore da Vida cabalística; fundação/base.

[42] Sephira (na Cabala): emanação, aspecto, dimensão, esfera, plano.

[43] Tríade (na Cabala): ordem estabelecida entre 72 Anjos. Na 3ª Tríade estão Principados, Arcanjos e Anjos – os mais próximos do reino humano.

[44] Netzach: sétima esfera da Árvore da Vida cabalística; firmeza/vitória.

[45] Do hebraico: deus, deuses.

     Alex Crivier

* * *

A funcionária da cafeteria chamou Cris insistentemente do balcão, avisando que tinha cliente esperando no caixa. Diante da falta de reação da patroa, foi ela mesma receber o pagamento, não sem ficar cismada com aquele comportamento estranho, que vinha presenciando muito ultimamente.

Cris olhava fixamente para Tom.

– Tomás, Tomás...

– Não me chama assim! Você sabe que eu não gosto! – protestou Tom, renegando seu nome de batismo.

– Não adianta espernear. Você é uma homenagem à Escolástica [46], querendo ou não...

– Não tenho nada a ver com a fé dos meus pais! E "pópará" de me aporrinhar. A coruja/borrão-com-rostinho-de-David já tá me dando trabalho suficiente!

---

[46] Escolástica: pensamento cristão da Idade Média, baseado na tentativa de conciliação entre um ideal de racionalidade (corporificado na tradição grega do platonismo e aristotelismo), e a experiência de contato direto com a verdade revelada, tal como a concebe a fé cristã.

Cris recostou-se na cadeira e, puxando o ar profundamente, bufou tão intensamente que seus lábios tamborilaram sem que seus dedos o tocassem.

– Tom, não vou discutir a Cabala [47] com você. É coisa de maluco. Eu arquivei e deixei pra lá.

– Tenta.

– Aleister Crowley [48] usou o texto de um autor desconhecido no final do primeiro volume de seu livro *Collected Works*. É considerada a melhor descrição do método da Cabala.

Tom provocou:

– Tá. Vamos ligar para o Paulo Coelho [49], então, porque com o Raul Seixas [50] já não dá mais pra falar...

---

[47] Cabala: método esotérico, disciplina e escola de pensamento do misticismo judaico.

[48] Edward Alexander Crowley – pseudônimo: Aleister Crowley (1875 / 1947) - Membro da Ordem Hermética da Aurora Dourada, influente ocultista britânico, responsável pela fundação da doutrina Thelema: "Fazes o que tu queres, há de ser o todo da Lei."

[49] Paulo Coelho de Souza - Escritor, letrista, jornalista e compositor brasileiro. Ocupa a 21ª cadeira da Academia Brasileira de Letras.

[50] Raul Santos Seixas (1945 / 1989) – Cantor e compositor brasileiro.
Nota do autor:
A associação Aleister Crowley/Paulo Coelho/Raul Seixas se deve à música "Sociedade Alternativa", composta por Raul Seixas e Paulo Coelho, incluída no Álbum "Gita" de Raul Seixas (Philips Records - 1974), onde o ocultista Aleister Crowley é mencionado na letra e equiparado ao número 666 (supostamente, o número da "besta").

     Alex Crivier

– Aquilo que você sabe é importante, né? Mas aquilo que EU sei, é merda, não é? Tom, às vezes é difícil ser sua amiga, sabia?

Tom baixou os olhos e calou.

– Desculpa.

– A Cabala é "a sabedoria secreta", e não é à toa, amigo. Vamos lá: há dois livros-base, sendo que o primeiro, *Sefer Yetzira* [51], é uma das obras mais antigas em hebraico, tanto que não se sabe ao certo nem quem é o autor original – alguns o creditam ao próprio Abraão. O outro é o *Zohar* [52], escrito em aramaico. A tradição diz que um rabino, Shimon bar Yochai, o escreveu, provavelmente no século II d.C., com base nos conhecimentos que lhe teriam sido revelados pelo próprio Deus. Ocorre que os manuscritos do rabino Shimon, na verdade, ninguém chegou a ver. Então muita coisa é "tradição oral", e isso você sabe. No século XIII o espanhol Moisés de Léon, um escritor judeu, alegou ter descoberto os manuscritos do Shimon e distribuiu os textos, mas nunca apresentou os originais. Pense o que quiser. Então, tenha em mente o Aramaico e o Hebraico antigos. O judeu comum falava aramaico, enquanto o hebraico rolava mais entre os religiosos nos templos e sinagogas, mas isso não é "tipo" uma regra, tá? Eu li um artigo certa

[51] Livro da Criação - Antiga obra mística judaica que descreve (de forma codificada) o processo que criou o universo.
[52] Livro do Esplendor - Trabalho fundamental da literatura cabalista e do misticismo judaico.

vez, escrito como introdução à Cabala por um tal McGregor Mathers, que usou o texto como um capítulo para sua tradução de "A Kabbalah Revelada", de Knorr von Rosenroth. Vou tentar lembrar do fio-da-meada, porque é *punk*, tá? Então, segundo o artigo – que faz referência ao Crowley –, a Cabala tem três partes: *Gematria*, que se baseia nos valores numéricos relativos das palavras. Palavras de valores numéricos semelhantes são consideradas como sendo explanatórias uma da outra, e essa teoria se estende a frases; *Notariqon*, que existe em duas formas, sendo que na primeira toda letra de uma palavra é obtida da inicial ou da abreviação de outra palavra, de modo que a partir das letras de uma palavra, pode ser formada uma frase, e na segunda forma é exatamente o oposto da primeira, ou seja, por meio dela as letras iniciais ou finais, ou ambas, ou as letras do meio de uma frase, são usadas para formar uma ou mais palavras; e *Temura*, onde, de acordo com certas regras, uma letra é substituída por outra letra que a precede ou segue no alfabeto, e assim de uma palavra é formada outra palavra de uma ortografia completamente diferente e, desta forma, o alfabeto é dobrado exatamente ao meio, e uma metade é posta em cima da outra e então, alternadamente mudando a primeira letra ou as primeiras duas letras no início da segunda linha, vinte e duas comutações são produzidas. Estas são chamadas de "Tabelas das Combinações de *Tziruph*".

Tom foi trincando da cabeça aos pés.

Alex Crivier

Ficou olhando para Cris com cara de terror por um tanto considerável de tempo.

Finalmente se remendou, destravou e disse:

– Eu subestimei você a vida inteira, menina, achando que você só lia besteira. Quando tive contato com essa coisa, eu passei por cima; desprezei como sendo mais um delírio de um asceta chapado metido numa caverna com alguns seguidores cabeças-de-bagre. Eu errei. Parece que esse negócio é meio... intenso, né?

– É.

– Pode me ajudar? Tem uma versão mais, digamos, digerível?

– Quer uma "papinha", ó Tom, o superinteligente?

Cris exultou. Saboreou o momento. Uma vez na vida, estava por cima. E a sensação de superioridade era muito, muito boa mesmo.

– Aceito sua zoação. Como posso compreender essa... tá, vou dizer: doutrina mística?

– Vou usar a rede elétrica como metáfora, *ok*? Vamos imaginar uma usina. Se você ligasse qualquer aparelho na potência original dela, ele fritaria, certo? Imaginemos, então, os transformadores que reduzem a intensidade da energia até a tomada. Assim os aparelhos podem lidar com ela. A usina, a potência original, de onde vem a substância primal, é *Ein Sof* – o

"Deus–Infinito" –, de quem emanam dez *sephiroth* –
os transformadores –, ou, se preferir, as dez dimensões que compõem nosso universo. Todo o mundo
material é a décima dimensão: *Malkuth* [53] – a "tomada" –, e nós somos um dos muitos tipos de aparelhos receptores, entendeu?

– *Noctua* falou que responde a *Elohim*. O que
ele quis dizer com isso?

Cris ajeitou-se na cadeira e hesitou.

– Bom... é aí que a porca torce o rabo, Tom. Em
Gênesis 1:1 [54], traduzem *"bereshit bara' elohim et hasha-
maim v'et haerets"*, como *"No princípio criou Deus os
céus e a terra"*. Se enfiarmos uma virgulazinha no lugar certo, podemos ter "No princípio criou Deus(,) os
céus e a terra".

– "Peraí"... Então o tal *Elohim*, o Deus de judeus, cristãos, muçulmanos e de mais um tanto de
gente confusa por aí, o Deus doméstico pentelho, que
vigia tudo e todos sem parar, seria, ele mesmo, criação do tal *Ein Sof*, que seria, então – este sim –, o
"Deus-Infinito"?

– Ééééééé... – Cris foi esticando e diminuindo
a vogal, meio encabulada.

---

[53] Malkuth: décima esfera da Árvore da Vida cabalística; inteligência
resplandecente.
[54] Gênesis: primeiro livro da Bíblia Hebraica e da Bíblia cristã. Faz
parte do Pentateuco e da Torá, os cinco primeiros livros bíblicos.

                                    Alex Crivier

Baixinho, quase sussurrou:

– *Elohim*, como Deus, seria "criador", mas também criatura.

Tom ficou mudo. Cris emendou:

– Teria sido *Ein Sof* quem começou tudo. Vou fazer uma analogia com a tua amada Física: o "*Big Bang*", a explosão da singularidade que deu origem ao universo foi, na verdade – para os cabalistas, é claro –, uma contração de *Ein Sof* sobre si mesmo. Isso tem até nome, é *tzimtzum*. Com essa contração ele criou um vácuo – ou caos –, que também tem nome, é *tohu*. Aí ele preencheu esse ponto com suas emanações – as tais dez dimensões, ou *sephiroth*, no plural. *Elohim* (Deus) existiria na sexta ou sétima *sephira*, Tiphereth [55] ou *Netzach*.

– *Noctua* mencionou *Netzach*.

– Acorda, Tomás! *Wow*! Não é *Noctua* nenhuma, meu! Você tá sendo visitado por *Lauviah*, pô! *Yesod* – de onde ele te disse que era manifestação –, é a *sephira* dos anjos-da-guarda; eles são ligados à lua, e a CORUJA os representa no reino animal! E *Lauviah* é o anjo das revelações durante o sono! E 3h33 é a "hora do tempo morto", quando ocorre a "paralisia do sono", pô! E VOCÊ NÃO TINHA COMO ME DIZER O QUE DISSE, RAIOS, PORQUE VOCÊ NÃO

---

[55] Tiphereth: sexta esfera da Árvore da Vida cabalística; beleza/esplendor.

CONHECE A CABALA, NÉ, TOM?! PORRA, COMO VOCÊ É TURRÃO!

Cris agarrava os próprios cabelos e olhava para o teto enquanto esbravejava. Quando tornou a olhar para frente, Tom não estava mais lá. Fechou a cara, cruzou os braços e ficou ruminando seus pensamentos, ignorando os olhares espantados das pessoas na cafeteria.

"Não é justo... Eu daria tudo pra ver um anjo... Eu os estudo, medito, rezo, e eles aparecem justamente pra quem os ignora... E o que é o pior de tudo é que o anjo tá FILOSOFANDO COM ELE! QUE BOSTA!"

* * *

– Até agora eu te tratei como uma alucinação. Fui bastante coloquial – até mesmo por isso, pelo fato de achar que você não passava de um delírio meu... Mas tenho que admitir, mesmo que estejam no meu subconsciente as coisas que estamos investigando, eu não poderia racionalizá-las assim, da maneira como tudo isso está acontecendo. Então... você é real. E isso traz um monte de problemas pra mim. Por que eu?

A névoa negra com rosto de mármore branco flutuava na sacada, onde a brisa da madrugada soprava sua longa cabeleira ondulada, confirmando sua materialidade. Mas havia algo diferente na coisa, desta vez. Uma energia mais... pesada(?).

Selene brilhava por detrás da figura, precavida.

"QUANTO MAIS PERCO MINHA FÉ NO MUNDO, MAIS ME ENCONTRO EM DEUS, SEM CRER NELE. SERÁ UMA MISTERIOSA DOENÇA, OU UMA NOBREZA DA RAZÃO E DO CORAÇÃO, O QUE INDUZ A SER AO MESMO TEMPO CÉTICO E MÍSTICO?"

– Cioran [56]... Por que estamos mastigando o niilismo [57]?

"PORQUE É O QUE TU ACHAS QUE É."

– E não sou?

"TU TAMBÉM TENS A PAIXÃO DE UM MÍSTICO NA ALMA DE UM CÉTICO. QUANDO AUTÊNTICO, ESTE É UM ESTADO RARO. BASTANTE RARO."

– *"Sou um místico e não creio em nada."* Posso ser comparado a Flaubert [58]? Que honra!

"ALGUÉM QUE, POR SI, CONCLUI QUE NENHUMA CERTEZA PODE SERVIR COMO BASE PARA O CONHECIMENTO, MAS AINDA ASSIM INTUI A EXISTÊNCIA DE ALGO MAIOR, É ESPECIAL. NÃO É APENAS INTELIGENTE. OS NIILISTAS SÃO EXCEPCIONAIS PORQUE COLAPSAM SOBRE SI MESMOS, PARA VEREM NO QUE DÁ. DE CERTA FORMA, EM SUA INSIGNIFICÂNCIA, IMITAM *EIN SOF*."

"Deus" pode ser "talvez"...

Tom tentava acompanhar a explanação.

---

[56] Emil Mihai Cioran (1911 / 1995) - Escritor e filósofo romeno.
[57] Niilismo: doutrina filosófica que indica pessimismo e ceticismo extremos perante a realidade ou valores humanos. Num sentido amplo, consiste numa atitude de negação ou descrença absoluta em relação a princípios, sejam eles religiosos, morais, políticos ou sociais.
[58] Gustave Flaubert (1821 / 1880) - Escritor francês.

Alex Crivier

Aquilo começava a tomar rumo.

Um rumo esquisito, é certo, mas ainda assim, um rumo.

"COMO NÃO PODERIA SER DIFERENTE, A VIDA EMERGIU DAS INFINITAS INTERAÇÕES POSSÍVEIS DE OCORREREM NO SISTEMA, E É VELADA POR *ELOHIM*. *'A CONSCIÊNCIA É UM ÓRGÃO BIOLÓGICO. UTILIZA TODO O CORPO. NÓS SOMOS IMPULSOS. PARA TER CONSCIÊNCIA, É PRECISO SENTIR.'* NA LOUCURA DO NIILISTA SIFILÍTICO ESTÁ UMA VERDADE INCOMENSURÁVEL, QUE OS HOMENS TEIMAM EM REJEITAR: O ARRANJO BIOLÓGICO (LEIA-SE O CONJUNTO DE MICRÓBIOS AGREGADOS EM SIMBIOSE EM UM ORGANISMO) DE CADA ESPÉCIE LHE DETERMINA O GRAU DE CONSCIÊNCIA QUE ALCANÇA. TODOS OS HUMANOS TÊM O MESMO EQUIPAMENTO, LOGO, TODOS POSSUEM INTELIGÊNCIA. SIM, TEU 'MOLUSCO' TEM INTELIGÊNCIA. JÁ TE FOSTE DITO QUEM ELE É, MAS PARECES NÃO TER ABSORVIDO NADA DO QUE OUVISTE. *'O HOMEM É RESULTADO DAS ESTRUTURAS.'; 'UM TRIBUNAL SEMPRE REPRODUZ UMA DOMINAÇÃO INTELECTUAL.'* [59]. ELES – TEU 'MOLUSCO' E OS QUE O SEGUEM –, NÃO SÃO ORIGEM. ELES SÃO APENAS PRODUTO."

---

[59] Citações de Michel Foucault (1926 / 1984). Filósofo, teórico social, filólogo, crítico literário e professor francês.

– Foucault... Já o citou antes, eu notei: *"O poder está em toda parte, e em toda parte onde ele está, há resistência."* [60] Cara, eu nem respeito esses acadêmicos de merda, Foucault, Sartre [61], Beauvoir [62], Derrida [63]... Dentre outras merdas, distorceram um monte de conceitos básicos até tornarem o entendimento do que é uma sociedade decente um troço irreconhecível. Olha, eu estou vendo o tecido social apodrecer de uma maneira muitíssimo perigosa. Talvez lá em *Yesod* tudo seja um paraíso etéreo, mas aqui, meu caro, as coisas estão insanas. Eles QUEREM o caos, como Lenin? Não bastaram as tragédias do passado?

"TEU PRESIDENTE É UM TITEREIRO. É ISSO O QUE PRECISAS COMPREENDER, PARA LIBERTAR–TE DA ANGÚSTIA. *'SER INTELIGENTE É SABER LER AS COISAS POR DENTRO E ESCOLHER A MELHOR ALTERNATIVA.'*, E ISSO ELE O FAZ MUITO BEM, EM RELAÇÃO ÀS CONVICÇÕES QUE TEM. E, COMO JÁ DISSE, ELE NÃO TEM COMO SABER QUE ESTÁ ERRADO."

Tom fez cara de interrogação.

---

[60] Nota do autor: vide pág. 48.

[61] Jean-Paul Charles Aymard Sartre (1905 / 1980) - Filósofo, escritor e crítico francês, representante do existencialismo.

[62] Simone Lucie-Ernestine-Marie Bertrand de Beauvoir (1908 / 1986) - Escritora, intelectual, filósofa existencialista, ativista política, feminista e teórica social francesa.

[63] Jacques Derrida (1930 / 2004) - Filósofo franco-magrebino, que iniciou durante a década de 1960 a "Desconstrução" em filosofia.

                    Alex Crivier

– Não sei o que é um titereiro.

"ÉS MUITO INTELIGENTE, MAS, COMO PODES VER, INTELIGÊNCIA NÃO É CONHECIMENTO. NÃO PODES SABER TUDO EM TEU ESTADO TERROSO, POIS NÃO ACESSAS *AKASHA*. LEMBRE QUE UM ANALFABETO PODE, MESMO ASSIM, SER MUITO INTELIGENTE. UM TITEREIRO É UM MANIPULADOR DE BONECOS. TAL COMO O BOLCHEVIQUE – E MUITOS OUTROS –, TEU 'MOLUSCO' TAMBÉM ENTENDEU, MESMO SENDO IGNORANTE, QUE A SOCIEDADE É UM ORGANISMO MANIPULÁVEL. DESTA FORMA ELE ASCENDEU AO MAIS ALTO CARGO DE TEU SISTEMA. É O QUE FAZEM TODOS ELES, PORQUE NÃO SE TRATA DE INTELIGÊNCIA, MAS DE VONTADE."

– Mas... mas... há pessoas... há pessoas determinadas, inteligentes, cultas e autênticas...

"QUE NÃO ACREDITAM QUE OS ESFORÇOS PELA SOCIEDADE VALHAM A PENA E, ASSIM, ACOMODAM-SE NA INDIFERENÇA. OS MEDÍOCRES SÓ CONSEGUEM OCUPAR OS ESPAÇOS DEIXADOS VAGOS. O TEU POVO É COMO UMA LEBRE SENDO CARREGADA NO CASCO DE UM JABUTI. A POTÊNCIA ESTÁ NA LEBRE, MAS ELA SUBMETE-SE À MOROSIDADE DO JABUTI. QUEM É O PALERMA AQUI?"

Tom tentou refletir. Quis responder, mas...

Só pode ser uma pegadinha... – pensou. *É capci-osa...* Mas antes que pudesse fazer sua aposta...

"UM PALERMA É AQUELE QUE É TOLO, PARVO OU IMBECIL. MAS TAMBÉM PODE SER O QUE NÃO TEM INICIATIVA, DETERMINAÇÃO, FORÇA DE VONTADE. **QUEM É O PALERMA?**"

– Você parece... bravo, hoje. Está um pouco diferente... – testou Tom. Desta vez a entonação da pergunta não deixou dúvida: a coisa ficara impaciente.

"TUA ANGÚSTIA PRECISA CESSAR PARA QUE A TUA VIBRAÇÃO SE ALINHE. E TUA ANGÚSTIA NÃO VAI CESSAR SE NÃO COMPREENDERTES QUE O 'MOLUSCO' NÃO SE VÊ COMO DEMAGOGO; ELE SE VÊ COMO UM SALVADOR, ASSIM COMO NAPOLEÃO [64], MAO [65], STÁLIN [66], HITLER [67] – PARA FICAR APENAS NOS CLICHÊS. *'A HIENA É INCAPAZ DE SENTIR O PRÓPRIO CHEIRO.'* [68] *ENTENDA ISSO.*"

---

[64] Napoleão Bonaparte: (1769 / 1821) - Estadista e líder militar francês. Imperador francês de 1804 a 1814 e brevemente em 1815.
[65] Mao Tsé-Tung: (1893 / 1976) - Político, teórico, líder comunista e revolucionário chinês.
[66] Josef Stálin: (1878 / 1953) - Revolucionário comunista e político soviético de origem georgiana. Governou a União Soviética de meados da década de 1920 até 1953.
[67] Adolf Hitler: (1889 / 1945) - Político alemão, líder do Partido Nazista, Chanceler do Reich e Führer da Alemanha Nazista de 1934-45.
[68] Ditado africano.

     Alex Crivier

– A... a lebre... a lebre está agindo como um palerma, mesmo sendo inteligente e achando que é a espertalhona por estar sendo carregada, sem fazer esforço algum – respondeu Tom, hesitante. – Mas... a História vive se repetindo... Veja, o molusco não aprende... Uma pessoa incapaz de aprender, na minha opinião, é a definição de burro...

"APRENDER IMPLICA RECONHECER, EM ALGUM MOMENTO, A INCONSISTÊNCIA DE UM CONCEITO, E ABANDONÁ-LO EM PROL DE OUTRO MAIS PLAUSÍVEL. EU DISSE: NÃO HÁ CONHECIMENTO NA CERTEZA. HÁ OS QUE SE ACHAM INTELIGENTES, E DIFICILMENTE PERCEBERÃO A SI MESMOS COMO OUTRA COISA. E PALERMAS NÃO SABEM QUE O SÃO, JUSTAMENTE POR SEREM. PARA QUE APRENDA, TEU 'MOLUSCO' PRECISARIA, EM PRIMEIRO LUGAR, PERCEBER QUE ESTÁ ERRADO. MAS ESTANDO CONVICTO, É QUASE IMPOSSÍVEL. SIMPLESMENTE NÃO HÁ APRENDIZADO NA CONVICÇÃO. UM ESTADO MENTAL CONGELADO É IMPERMEÁVEL. 'OUVIDOS À PROVA DE PALAVRAS', TE LEMBRAS?"

– Mas que DROGA! Ele vem errando há décadas! Ele acha que manipula TODO MUNDO!

"ENTENDAS QUE TAMBÉM ELE É MANIPULADO. HÁ UM TITEREIRO DE TITEREIROS. A 'ROCHA NEGRA' ESTÁ EM TODO LUGAR, E POR

CAUSA DO PODER QUE ALCANÇOU, ELA É A VERDADEIRA SERPENTE."

– Cara, desisto. Onde fica o tal *Elohim* nisso tudo? Porque, ao que parece, o tal *Ein Sof* nem tem noção da lambança que rola por aqui, né?

"*EIN SOF* É LUZ, MAS NÃO O ESPECTRO QUE CONHECES. AO REMOVER UMA PARTE DE SI PARA ABRIR ESPAÇO PARA A CRIAÇÃO, PRO-VOCOU UMA FLUTUAÇÃO DE VÁCUO, DANDO ORIGEM A UM PONTO DE ESCURIDÃO COM-POSTO DE UMA SUBSTÂNCIA QUE OS SERES AINDA SEQUER SABEM DEFINIR. QUANDO CONSEGUIREM INTERAGIR COM TAL MATÉRIA E ENERGIA – HOJE DITAS 'ESCURAS' –, SAIRÃO DAS TREVAS DA IGNORÂNCIA. A ESCURIDÃO NÃO EXISTE EM SI, É A AUSÊNCIA DE LUZ. TENTE EMITIR UM FEIXE DE ESCURIDÃO E COMPREENDERÁS QUE É IMPOSSÍVEL. A LA-CUNA NO CORPO DE *EIN SOF* – O PONTO DE ES-CURIDÃO – EXPANDIU-SE, ENTÃO, POR GRAVI-DADE NEGATIVA. FÔNONS – AS PARTÍCULAS QUE DÃO MASSA ÀS ONDAS SONORAS – TÊM GRAVIDADE NEGATIVA. *EIN SOF* "GEMEU" AO CONCEBER O *KÓSMOS* [69]. E COMO TUDO ERA TREVA FORA DE SEU CORPO DE LUZ, CUIDOU

---

[69] *Kósmos*: do grego antigo, significa beleza, ordem, organização, harmonia. Cosmos ou cosmo é o universo em seu todo. É o conjunto de tudo que existe, desde o microcosmo ao macrocosmo, das estre-las até as partículas subatômicas.

                                    Alex Crivier

EIN SOF PARA QUE EXATOS 0,007 DA MASSA DO HÉLIO FORJADO NA COMBUSTÃO DE ESTRELAS FOSSE TRANSFORMADA EM ENERGIA. VEJA: SE FOSSE MENOS, 0,006, O NÚCLEO DO ÁTOMO DE HÉLIO NÃO FICARIA COM 2 PRÓTONS E 2 NÊUTRONS; SE FOSSE MAIS, 0,008, A FUSÃO SERIA TÃO RÁPIDA QUE NÃO SERIA ESTÁVEL, EXISTINDO ENTÃO – EM UM UNIVERSO SEM VIDA – APENAS O HIDROGÊNIO. ESTE É O GRAU DE PRECISÃO A QUE *MALKUTH* – ONDE SE SITUA TUA TERRA – ESTÁ SUJEITA. INDUZIDA A ILUMINAÇÃO DA CRIAÇÃO COM A RADIAÇÃO DE ESTRELAS, UM ESTADO REAL DE EQUILÍBRIO FOI ESTABELECIDO. FEZ–SE A LUZ – OUTRA LUZ – DENTRO DA ESCURIDÃO DA 'FERIDA' DE *EIN SOF*."

– E o *Elohim* não tem nada a ver com isso? – insistiu Tom.

"*ELOHIM* É O PLURAL DE *ELOAH*, QUE DESIGNA DEUS. HÁ MUITAS MANIFESTAÇÕES DE *ELOHIM*, E ISSO CONCORRE PARA PRESERVAR O EQUILÍBRIO."

A Cris não mencionou que Elohim poderia ser traduzido como "deuses". Será que ela sabe disso?...

Recuperando-se de seu devaneio, Tom mandou:

– Deixar o Homem fazer tanta besteira é um jeito de "preservar o equilíbrio"?

"NÃO SE TRATA DE DEIXAR. NÃO HÁ INTERFERÊNCIA. NÃO HÁ CONDUÇÃO. HÁ SOMENTE INTERAÇÕES INFINITAS, COM CAUSA E EFEITO. O HOMEM É ÍNFIMO. EM TODOS OS SEUS CICLOS, SEQUER CONSEGUIU FALAR A MESMA LÍNGUA ENTRE SI. TODO SER SÓ TEM UM PROPÓSITO REAL EM SUA JORNADA: RETORNAR À SUBSTÂNCIA PRIMAL, A *EIN SOF*, EQUALIZANDO SUA ENERGIA À DELE, PARA, ENTÃO, EXISTIR EM *ATZILUTH* [70], BANHADO POR SEU CORPO DE LUZ. ISSO INCLUI ATÉ MESMO *ELOHIM*. BUSCAR MODIFICAR UM ESTADO ENERGÉTICO ESTÁ NO LÍVRE-ARBÍTRIO DE CADA SER, QUE PODE ESCOLHER FICAR COMO ESTÁ, INDEFINIDAMENTE. O CAMINHO ATÉ *EIN SOF* É A VONTADE, E, COMO TU ESTÁS PRESTES A DESCOBRIR, NÃO SE TRATA DE TODOS, MAS APENAS E TÃO SOMENTE DE CADA UM. NO TEMPO PROFUNDO, SE DEPOIS DE MILHÕES DE ANOS TERRESTRES, EM TODA A VASTIDÃO DO UNIVERSO, APENAS UM ÚNICO SER CONSEGUIR SE ELEVAR ATÉ *EIN SOF*, ENTÃO JÁ TERÁ SIDO PROVEITOSO. DE TEUS MÉRITOS, O MAIS ÚTIL É A AMPLITUDE COM QUE OLHAS PARA TEU MUNDO, AMPLITUDE CONSEGUIDA POR TUA FORÇA DE VONTADE. SABES O QUE SABES, APENAS PORQUE BUSCASTE TENTAR

---

[70] Atziluth: é o mais alto dos quatro mundos nos quais existe a Árvore da Vida Cabalística. É conhecido como Mundo das Emanações ou Mundo das Causas.

 Alex Crivier

SABER. MESMO DIANTE DE INFINDÁVEIS TRA-
MAS DOGMÁTICAS ESTAPAFÚRDIAS, TUA ES-
SÊNCIA PERMANECEU COM VALORES E PRIN-
CÍPIOS ANCESTRAIS, HÁ MUITO ESQUECIDOS
PELOS SERES. JÁ TE FOSTE DITO QUEM TU ÉS: ÉS
DESIGUAL EM RELAÇÃO À MAIORIA DA TUA
ESPÉCIE. EIS TUA FRASE DE OURO: TODOS OS
HOMENS POSSUEM O MESMO EQUIPAMENTO.
NASCEM IGUALMENTE CAPACITADOS. MAS
JAMAIS SERÃO IGUAIS. O FATOR DEFINIDOR DE
UM SER É SUA VONTADE."

Porra, então... o molusco é o que é e pronto... um cara egocêntrico obcecado com uma condição de nivelamento da sociedade – o que é um engano –, e tão determinado a ser louvado quando conseguir isso que é incapaz de perceber que o preço a ser pago é indecente... e, mesmo assim... "assim será"? – pensou Tom. E a ficha caiu.

"HÁ POR DEMAIS INTELIGENTES SUBOR-
DINADOS A ESTÚPIDOS. *'CUIDADO COM O HO-
MEM DE UM SÓ LIVRO.'*"

– Tomás de Aquino [71]. Meus pais o citavam bastante...

"AQUINO INTUIU QUE TINHA QUE HA-
VER UMA POTÊNCIA POR TRÁS DE TUDO, E O
FEZ MESMO ATOLADO NAS CRENÇAS DE SEU
TEMPO. MAS NEM TODA CONSTATAÇÃO DELE

---

[71] Tomás de Aquino (1225 / 1274) - Frade católico italiano; escreveu obras muito influentes na teologia/filosofia. Canonizado em 1323.

FOI PRECISA, POIS *'A RAZÃO É A IMPERFEIÇÃO DA INTELIGÊNCIA.'* ABRE PRECEDENTES DEMAIS."

Acho que essa coisa pode mesmo ser o tal anjo Lauviah... Depois de tudo que ouvi, parece até fazer sentido...

"ESTÁS CERTO EM TUA ANGÚSTIA, PORQUE TUDO ESTÁ MESMO DESEQUILIBRADO. MAS JÁ HOUVE PERTURBAÇÕES ANTES. TRADIÇÕES CONTAM SOBRE GIGANTES SEM EQUILÍBRIO, QUE PERECERAM NO VAZIO, HÁ MUITO TEMPO. REIS DE EDOM, SUSSURRAM ALGUNS. ESTE NÃO É O PRIMEIRO CICLO DA HUMANIDADE. A ORDEM SE REESTABELECERÁ, PORQUE O CAOS É UMA ILUSÃO. EXISTE EQUILÍBRIO NA ENTROPIA [72]. E SAIBA QUE ME DIRIJO A TI COMO *GUSION* [73]. *LAUVIAH* TE INVEJA."

Selene apagou de repente, e tudo virou um breu no apartamentinho.

---

[72] Entropia é a medida do grau de desordem de um sistema, que tende a aumentar naturalmente no Universo; é uma medida da indisponibilidade da energia; é a medida da quantidade de energia térmica que não pode ser revertida em energia mecânica (não pode realizar trabalho), em uma determinada temperatura.

[73] Na demonologia, Gusion é o 11º dos 72 demônios da Goetia (magia Salomônica). Governaria quarenta legiões de demônios.

                    Alex Crivier

* * *

– *Gusion*? Tom, é um "corpo negro".

– É negro sim, mas o que isso quer dizer pra você? Há uma definição em Física para "corpo negro".

– É um *daemon*, a porra de um DEMÔNIO!

– Nããão... isso tá pra lá de bizarro, Cris. Em nenhum momento aquilo me ameaçou. Aliás, foi absolutamente didático. Até demais, se quer saber.

– Me dá a definição da Física pra coisa.

Tom recitou:

– "*A emissão e absorção de luz são processos inversos; um emissor perfeito de luz também precisa ser um absorvedor perfeito de luz. Assim, em temperatura ambiente, tal corpo seria perfeitamente negro.*" Neutro, né? Quer dizer... mais ou menos... A uma temperatura "x", o espectro da radiação térmica desse "corpo negro" irradia energia, a valores discretos, conhecidos como *quantum*. Um *fóton* é um *quantum* da luz. A variação dessa energia não se dá na mesma proporção da variação da temperatura. Os elétrons, ao receberem energia, "saltam" de uma órbita mais próxima do núcleo para outra mais afastada, devolvendo esta energia quando retornam à sua órbita original. Esta energia não é continua, se apresentando como "pacotes", sempre em número inteiro – o *quantum* –, cujo plural é *quanta*, e daí derivou a Física Quântica.

– Tom, entendi nada!

– Êita! Um elétron passa de uma energia mínima para o nível posterior, se for aquecido, mas jamais passará por estágios intermediários, proibidos para ele, porque a energia está "quantizada"; a partícula realizou um salto energético de um valor para outro. Isso ocorre porque a magnitude da força eletromagnética é uma constante, a Constante de Estrutura Fina.

Cris parecia catatônica. Não piscava.

– Cris, esse troço é o número mais importante do universo!

– Tom... E a porra do Gusion?! Por que diabos você tá falando disso?

– Porque a tal Constante de Estrutura Fina é 1/137, ou seja, 0,007 – a Física luta com as casas decimais acima da terceira, mas isso é pra *nerd* –, e esse número, 0,007, Cris, é o número que o Gusion disse ser a parte da massa do hélio forjado nas estrelas que é transformada em energia. O Gusion disse que este é o grau de precisão que permite ao universo existir. De certa forma, TODOS estamos subjugados ao grau de equilíbrio determinado por esse número: 1/137;

Gusion, Lauviah, Elohim... Todos! E TUDO! Cris, a METAFÍSICA ABRAÇOU A FÍSICA! – delirou Tom. De repente, baixou a bola. – E... hããã... bom, antes de sumir ele disse que *Lauviah* teria me invejado...

Cris já estava babando. Recompôs-se e focou:

– Olha... vamos deixar a Física de lado um pouquinho, eu errei em perguntar, a culpa foi minha, tá? Vou dar uma outra narrativa para a mesma coisa, tá, Tom? Para o gnosticismo, Deus, o Infinito-Criador de todas as coisas – na Cabala, o tal *Ein Sof*, tá? –, teria se derramado na Criação e, então, o Cosmos teria se manifestado – na Cabala, as dez *sephiroth*, tá? –, e tudo teria surgido. Assim teria surgido também o *Demiurgo* [74] – na Cabala (adivinha!), *Elohim*, tá? –, que, como todas as coisas criadas, carregaria a essência do Criador (o *Ein Sof*, tá?). Só que o *Demiurgo* desconheceria sua origem, a de que fora criado pelo Absoluto, Onipresente-Criador (o *Ein Sof*, tá?), que teria lhe conferido o poder de desdobrar a criação, que acabou dando origem à humanidade. Vendo-se extremamente poderoso, capaz de criar a humanidade a partir de sua vontade, o *Demiurgo* teria passado a imaginar ser ele próprio o Absoluto-Criador, que permaneceria – defendem muitos gnósticos –, eternamente silencioso e incognoscível (o *Ein Sof*, tá?). Então, este

---

[74] Demiurgo: segundo o filósofo grego Platão (428-348 a.C.), o artesão divino ou o princípio organizador do universo que, sem criar de fato a realidade, modela e organiza a matéria caótica preexistente através da imitação de modelos eternos e perfeitos.

Demiurgo – para os gnósticos, não para os hebreus, tá? – seria o Deus bíblico. Ele seria imperfeito, belicoso, vingativo e, quando lhe dava na telha, benevolente. Tá escutando? Entendeu? Essa coisa de bonzinho e malvado, Tom, é uma zona! Para os gnósticos, *Demiurgo* é o Deus do Velho Testamento. Para os judeus, é *Adonai* [75], porque o tetragrama *"YHWH"* [76] não se pode pronunciar; para os cabalistas, é *Elohim* vindo de *Ein Sof*; para os muçulmanos, é *Alá* [77] – que tem outros 98 (!) nomes. E, pra encrencar mais, qualquer que seja o nome, nenhum deles se alinha ao Deus amoroso de *Yeshua* [78] – nosso Jesus –, no Novo Testamento dos cristãos! – Cris respirou profundamente, tentando oxigenar as ideias. Mais calma, retomou: – Tom, um *daemon*, no mundo grego, era como um tipo de espírito que guiava os homens e mediava sua relação com os deuses; com os romanos, o *daemon* tornou-se o *genius*, um deus sob cuja proteção cada pessoa vivia; foi só no mundo cristão que o *daemon* transformou-se no bicho que conhecemos. O demônio é o subproduto da interiorização cristã.

Tom cozinhou a mixórdia [79] por um tempo.

---

[75] Adonai: entre os hebreus, um dos nomes de Deus no Velho Testamento, designando-o a partir de seu atributo de senhor.

[76] YHWH (transliteração do hebraico יהוה) é o tetragrama que na Bíblia hebraica indica o nome próprio de Deus.

[77] Alá: palavra utilizada no árabe para Deus (al ilāh, "O Deus").

[78] O nome hebraico Yeshua (יֵשׁוּעַ/ישוע) é uma forma abreviada de Yehoshua (יְהוֹשֻׁעַ) (Josué) e é o nome de Jesus em hebraico.

[79] Mistura de coisas variadas; coisas anarquicamente distribuídas.

Alex Crivier

– Cris, você falou muito "tá", pô! Quase confundiu tudo. Mas...

Tom fez uma longa pausa. Finalmente prosseguiu:

– Poxa, Cris... dessas coisas você manja pra caralho! Como não viu a treta da Sara com a Agar?

– Cada um busca conhecer aquilo que mais lhe atiça a curiosidade, ué! Eu nunca engoli o velho testamento. Sou, com muita honra, e-so-té-ri-ca, viu? – sapateou Cris. – E, Tom, tudo que te falei sobre *Lauviah*, também se aplica ao *Gusion*, ok? Só estão em, digamos, polaridades diferentes. O lance é que *Gusion* seria um "Duque" na hierarquia negativa em *Yesod*. *Hasmodai* [80] seria o "Rei". O Espírito Planetário.

– "Rei"? Um... *Elohim*???

Cris encabulou. Apressou-se em explicar:

– Tom, eu... eu não mencionei antes pra não complicar ainda mais um troço já por demais aloprado. *Elohim* é plural, traduz-se como "deuses". Assim, aquela frase do Gênesis 1:1 seria, na verdade: "No princípio criou deuses(,) os céus e a terra."

– Tô sabendo. Achei que você é que não sabia. A coisa me disse que *Elohim* era plural de *Eloah*... Disse também que havia muitas manifestações de

---

[80] Hasmodai (Asmoday) é um dos quatro líderes dos 72 Daemons aprisionados em urnas por Salomão (Terceiro Rei de Israel, filho de Davi).

Elohim, e que isso concorria para preservar o equilíbrio... *Hasmodai* seria um *Elohim–daemon*?

– Pruffff... – bufou Cris. – É tido como o "demônio da lua". Tom, é muita doideira, cara. Ele também pode ser o anjo ou "príncipe da Pérsia" de Daniel, ou o "Rei Esquecido de Sodoma", dependendo da fonte. No Talmude [81], ele é o "demônio da luxúria". E até pode ter relação com o gênio da lâmpada mágica, que oferece um castelo e riquezas para *Aladdin* [82]. Mas, Tom, ele acaba dando uma LIÇÃO DE MORAL no *Aladdin* sobre luxúria e desejos exagerados. CRÊ NISSO?!

Tom ficou desconcertado, mas não perdeu a oportunidade de tripudiar:

– Cris, nunca me deparei com uma crença – qualquer que seja –, que fizesse um pingo de sentido, que não estivesse mergulhada em contradições e interpretações mil. É por isso que prefiro a Física...

---

[81] Talmude: depois da Torah, ou Pentateuco, é o livro que estruturou a religião judaica nos moldes atuais. Trata-se do imenso conjunto de textos que reúne os compêndios da Lei Oral, em complemento à Lei Escrita, a Torah, e ao mesmo tempo discute cada decisão legal-religiosa.

[82] Aladdin: em árabe: literalmente "nobreza da fé". Personagem fictício do conto de origem árabe conhecido como Aladim e a Lâmpada Maravilhosa, um dos mais famosos da coletânea árabe As Mil e Uma Noites. Sabe-se, porém, que a história foi acrescentada à coletânea pelo orientalista francês Antoine Galland, responsável pela tradução que popularizou a obra no Ocidente.

Alex Crivier

– Tá, mas não sou eu que tô com uma "COISA" me enchendo o saco toda noite! Então... você falou que a "coisa" – *Gusion* – te disse que *Lauviah* teria te invejado... Como foi mesmo que você viu a criatura?

– Tava envolta em uma névoa negra, tinha um rosto que parecia de mármore branco, e uma cabeleira longa e ondulada, mais negra que a névoa. Inesquecível.

Diacho! Quem me dera falar com essa "coisa". – Remoeu Cris.

– É que *Gusion* costuma ser retratado como um xenófilo...

– Quê?! – interrompeu Tom.

– Uma criatura com aparência estrangeira ao extremo. Tipo... alienígena, não-humana. Tua descrição cabe mais no *Lauviah*...

– Aonde vamos chegar com isso, Cris?

– Tanto um anjo-da-guarda – *Lauviah* –, quanto um *daemon* – *Gusion* –, seriam mais que um humano, mas seriam menos que um deus.

– Tá dizendo que pode ser tanto um quanto outro se manifestando?

– Ou pode ser *Lauviah* dizendo que é *Gusion*, ou pode ser *Gusion* se passando por *Lauviah*...

– Que merda... Você tinha dito com tanta certeza que era *Lauviah*, que eu quase cheguei a achar que era possível.

– Tom, o *Gusion* representa o destino inevitável, a vontade oculta manifestada na *sephira Daath* [83], a *sephira* invisível, ou falsa *sephira*, onde todas as *sephiroth* se encontrariam em harmonia. *Daath* é considerada uma "*sephira* que não é *sephira*", pois sua função seria desviar da atenção a verdade inexprimível através do pensamento.

– Hummm... a coisa falou mesmo que chegar à verdade era trabalhoso. Mas destino inevitável? Isso não confere muito com a retórica que eu andei ouvindo. A coisa fundamentou toda argumentação na vontade consciente. Não falou em vontade oculta. E vontade consciente exclui destino... né? Inclusive, disse que tudo era causa e efeito, que não havia interferência nas coisas do Homem. A gente que se vire, pelo jeito... Ou eu não entendi nada do riscado...

Diacho! Será que...

Cris começou a costurar uma teoria bastante insólita em sua mente.

– *Gusion* é o oposto da vontade consciente... tá ligado à evolução para uma nova dimensão; à

---

[83] Da'ath ou Daas no misticismo judaico, a chamada Cabala, é a localização onde todas as dez sephiroth da Árvore da Vida estão unidas como uma só. Em Daath, todas as sephiroth existem no seu estado perfeito de partilha do infinito.

 Alex Crivier

inevitabilidade; à sorte. Não possui conceito de moralidade, apenas entrega o que é necessário. Concilia e reconcilia amizades, e doa honrarias e dignidade. Fala sobre o passado, o presente e o futuro, e responde questões de forma dura e direta.

— Taí! Pode ter certeza, Cris, minha conversa com essa coisa não pode ser classificada de "conversa". Só tomei coice. Porra! Agora ficou mais confuso ainda.

— Então, Tom... Não quero te deixar pilhado, mas tô entendendo que *Lauviah* e *Gusion* são dois lados da mesma moeda, e nós temos que admitir que tudo isso é muito foda!

— Olha, a coisa me disse que todo ser só tem um propósito real em sua jornada: retornar a *Ein Sof*; equalizar sua energia à dele. Só então seria possível existir em *Atziluth*, e isso – olha só, presta atenção – inclui até mesmo *Elohim*.

— Confere... *Atziluth* está relacionado às três *sephiroth* superiores da Árvore da Vida; essas três esferas, *Kether* [84], *Chokmah* [85] e *Binah* [86], são consideradas

---

[84] Kether: primeira esfera da Árvore da Vida cabalística, parte da espiritualidade do Judaísmo Rabínico e esoterismo. É o potencial puro das manifestações que acontecem nas outras dimensões.

[85] Chockmah: segunda esfera da Árvore da Vida cabalística. É a "Sabedoria divina", ou a "Inteligência Iluminadora". É energia pura, sem forma, só força.

[86] Binah: terceira esfera da Árvore da Vida cabalística. É "Entendimento". É a manifestação da forma.

de natureza totalmente espiritual e são separadas do resto da árvore por uma "região da realidade" chamada "Abismo" – que nada mais é que a *Daath*, a "*sephira* que não é *sephira*"; é a região destinada a desviar da atenção a "verdade inexprimível através do pensamento", lembra? Há quem diga que, no cristianismo, *Kether* seria o "Pai", *Chokmah* seria o "Filho" e *Binah* seria o "Espírito Santo". Assim, *Atziluth* – o "Mundo das Emanações" –, seria o equivalente cabalístico da "Santíssima Trindade" [87]... E... cara... o fato de a "coisa" incluir *Elohim* na explicação esclarece muita coisa; até mesmo o lance do *Demiurgo* – uma divindade não saber sua própria origem –, pode fazer algum sentido. Acho que o que a humanidade fez foi muita lambança com as estorinhas nas rodas-de-fogueira...

– Cristina...

Tom interrompeu a frase e ficou olhando demoradamente para a amiga, com uma ternura que nunca havia expressado antes.

O tempo ficou como num dos quadros do Hopper [88]. Apenas uma sugestão do que teria sido... ou uma insinuação do que poderia ser...

---

[87] Santíssima Trindade: a doutrina da Igreja Católica Romana estabeleceu, através do concílio eclesiástico de Niceia, em 325 d.C., a afirmação de que um único Deus se revela em três pessoas divinas distintas: o Pai, o Filho e o Espírito Santo.
[88] Nota do autor: Edward Hopper - vide pág. 36.

   Alex Crivier

– Tom... você nunca me chama assim... tá me assustando...

– A coisa disse que a ordem se reestabelecerá, porque o caos é uma ilusão. E que há equilíbrio na entropia. Cris, minha raiva do molusco desvaneceu. Aliás, nem vou te falar sobre a aula que tive sobre o cabra. Mas finalmente eu entendi que ele é só uma peça numa engrenagem que se recicla continuamente. Não se trata de inteligentes e palermas. Nunca somos completamente um ou outro. E, principalmente, não se trata da humanidade, mas do indivíduo. É cada um, isoladamente. Ninguém pode fazer algo por alguém, em termos de sublimação. Ah!... preciso te dizer: o anjo-demônio falou sobre uma "rocha negra" ser a verdadeira serpente. Acho que algo está para acontecer, Cris. Algo bastante ruim, causado pela imensa indiferença que se instalou nas pessoas por causa dessas bostas eletrônicas, que embotam as relações e espalham solidão, confusão e animosidade na multidão. Proteja-se, amiga.

– Tommmm... Do que você tá falando?

– E... sinto que eu não vou te ver mais...

Um vento súbito veio da rua e escancarou a porta da cafeteria, surpreendendo clientes e funcionários. Cris correu para fechá-la. Ao se voltar para o interior da loja, não encontrou Tom.

* * *

Tom estava leve.

Expandira-se tanto que permeava todo o apartamentinho, como um gás. Um gás inerte, não-reagente. Imperturbável. Sentia-se neutro. Inodoro. Insípido.

A voz que aguardava tranquilamente, sem qualquer ansiedade, veio límpida e clara, mas diferente: era andrógina e sem vibração; atravessou todo seu ser e escapou para a atmosfera, confirmando que ele agora não mais estava contido em um recipiente.

Tom estava incorpóreo.

"É NOTÁVEL O QUE PODE RESULTAR DE UM BANDO DE MICRÓBIOS; TEU UM QUILO E MEIO DE MASSA, COM 78% DE ÁGUA, 10% DE GORDURA, 8% DE PROTEÍNA, 1% DE CARBOIDRATO, 1% DE SAL, 2% DE UNS OUTROS COMPONENTES E UM TANTO DE CORRENTES ELÉTRICAS... E EIS QUE TEMOS *NESHAMAH* [89]. É POR

---

[89] Neshamah: segundo a tradição judaico-messiânica, é a parte mais elevada e divina do ser humano. Na Cabala, é a "Alma Alta". É o intelecto, que permite a vida após a morte.

ISSO QUE AGORA ESTÁS TENDO A PERCEPÇÃO DA MINHA EXISTÊNCIA."

Nenhuma entidade se manifestara na sacada.

Não havia lua.

Selene devia estar ocupada com outras órbitas.

Tom captara o som em sua massa espectral.

Percebeu, então, uma emanação de luz muito tênue, aerada, fosforescente, quase como a de um... vagalume; é, é isso... um vagalume... a luz tímida de um vagalume, passeando por entre as bordas de seu ser.

A luz estava nele, mas, estranhamente, ele também estava na luz.

Tom falou – não no sentido estrito do verbo –, e sua "voz" foi entendida pelo "vagalume":

"Você não é *Noctua*, *Lauviah* ou *Gusion*. E acho que eu não sou mais eu..."

"O CÉU ESTÁ NA TERRA, MAS DE UMA MANEIRA TERRENA; E A TERRA ESTÁ NO CÉU, MAS DE UMA MANEIRA CELESTIAL." [90]

"Significa...?"

---

[90] Thomas Vaughan – pseudônimo: Eugenius Philalethes (1621 / 1666). Clérigo, filósofo e alquimista galês.

     Alex Crivier

"ESTÁS EXPERIMENTANDO INTERAÇÕES *FôNONSxFÓTONSxELÉTRONSxQUARKS* [91]. NÃO PODIAS PERCEBER ANTES, MAS A ÁGUA CONTIDA EM UM SIMPLES COPO MUDA SUA ESTRUTURA MOLECULAR UM TRILHÃO DE VEZES POR SEGUNDO. EXISTES NESTE NÍVEL AGORA. NÃO TE PREOCUPAS, VAIS ACOSTUMAR-TE."

"O que aconteceu comigo?"

"TUA *EPISTÉME* TRIUNFOU SOBRE TUA *GNOSIS*." [92]

"Não sei se entendi..."

"SABES, NARRAM EM EVANGELHOS INTENCIONALMENTE ESQUECIDOS EM LUGARES DE PÓ QUE, TENDO DESCIDO AO 'INFERNO' (*QLIPHOTH*–O MUNDO DAS CASCAS)[93], *YESHUA* TERIA EXPLICADO AOS ATORMENTADOS QUE SEU SOFRIMENTO ERA CAUSADO PELAS SUAS PRÓPRIAS MENTES; QUE AQUELE 'INFERNO'

---

[91] O quark, na física de partículas, é uma partícula elementar e um de dois constituintes fundamentais da matéria (o outro é o lépton). Quarks se combinam para formar partículas compostas chamadas hádrons, das quais as mais estáveis desse tipo são os prótons e os nêutrons, que são os principais componentes dos núcleos atômicos.

[92] Em filosofia, *epistéme* significa "conhecimento científico" em oposição a "opinião", enquanto *gnosis* significa "conhecimento" em oposição a "ignorância".

[93] Qliphoth é o conjunto das esferas cabalísticas que descreve as forças do Mal (ou distorções espirituais). É a Árvore da Morte, em oposição à Árvore da Vida.

ERA UM LUGAR DE PRISÃO APENAS PARA OS QUE CONSIDERAVAM QUE HAVIAM PECADO. ENTÃO, A LIBERTAÇÃO PODERIA SE DAR PELA RESSIGNIFICAÇÃO DE TAL CONCEITO." [94]

"Não me lembro de ter tido contato com tal passagem bíblica..."

"NÃO TIVESTE CONTATO COM MUITAS COISAS. E O TIVESTE COM INÚMERAS OUTRAS. O QUE É EXTRAORDINÁRIO EM TI É QUE PERCEBESTE O QUE BEM POUCOS SERES CONSEGUIRAM ENXERGAR EM MILÊNIOS DE MILÊNIOS. MESMO DEPOIS DE TERES SIDO EXPOSTO RECENTEMENTE A TANTOS CONCEITOS FANTÁSTICOS, NÃO FOSTE INFLUENCIADO EM ABSOLUTO. PARA TI, NÃO IMPORTARAM NOMES, CRENÇAS, RITUAIS OU PERSONAGENS."

"Os conceitos que me foram expostos são, em sua maioria, da Cabala – comunicou Tom –; então... a verdade suprema está no misticismo judaico? Você é... *Eloah*?

Tom sentiu todo seu ser vibrar, como se ondas em camadas estivessem percorrendo a luz que o permeava. A sensação era de... cócegas... Era como se o vagalume estivesse... rindo!

---

[94] Passagem narrada no Evangelho de Nicodemos (ou Atos de Pilatos), manuscrito apócrifo escrito entre 150 d.C. e 400 d.C.

 Alex Crivier

"HÁ UMA VERDADE EM CADA TEXTO SA-GRADO. POR ISSO A VERDADE ESTÁ EM NENHUM. *'Ea'* [95], PARA OS ACÁDIOS; *'El'* [96], PARA OS UGARÍTICOS; *'Yahweh'* [97], PARA OS HEBREUS. ORA, TU PODERIAS ATÉ DIZER QUE ALGUÉM JUNTOU DOIS NOMES EM UM, NÃO É? JUDEUS ESCRAVIZADOS NA BABILÔNIA FORAM EXPOSTOS A MUITAS COISAS. OS HOMENS APRENDEM DE SI MESMOS. OS QUE APRENDEM DE SI MESMOS ENSINAM AOS HOMENS QUE APRENDERÃO, PRATICANDO, POR SI MESMOS. ESTES, QUE APRENDEM POR SI MESMOS REPETINDO A ATOS QUE OUTROS APRENDERAM DE SI MESMOS, ENSINAM AOS HOMENS QUE APRENDERÃO, PRATICANDO, POR SI MESMOS. PORÉM, A FORÇA CÓSMICA SE MANIFESTA EM QUALQUER SER QUE ESTIVER DEVIDAMENTE PREPARADO, E O FEZ NO TEU MUNDO VÁRIAS VEZES, POR MEIO DE *HERMES TRISMEGISTO* [98], *BUDA*

---

[95] Ea - Deus da Água e da Sabedoria para os Acádios (povo semita). Supõe-se que a pronúncia seja "Yah".

[96] El - Pai dos deuses para os Ugaríticos (povo semita).

[97] Yahweh - o nome próprio de Deus. "Eu sou o que sou" é a designação mais específica para o Deus da Bíblia (Êxodo 3:14-15).

[98] Hermes Trismegisto - Figura mística de origem sincrética, que remete ao deus Thoth dos antigos egípcios. Os gregos o associaram com seu deus Hermes, e o qualificaram com o adjetivo "Trismegisto" que significa "três vezes grandíssimo". Os textos mais importantes da literatura hermética são "A Tábua de Esmeralda" e o "Corpus Hermeticum". Ensinam técnicas de como extrair poderes mágicos das propriedades ocultas dos elementos terrestres e celestiais.

SIDARTA GAUTAMA [99], KRISHNA [100], *YESHUA...* OU PREFERES JESUS [101]? PODERIA TU TERES SIDO ESCLARECIDO COM OS CONCEITOS HINDUS: DE *BRAHMAN* A *BRAHMA* [102]. TALVEZ TIVESSE DEMORADO UM POUCO MAIS. TALVEZ A *TEORIA-M* [103] PUDESSE TER SIDO ÚTIL, EMBORA NÃO TIVESSE A CAPACIDADE DE PROVOCAR TUA INDIGNAÇÃO, O QUE DILUIRIA O EFEITO DESEJADO. TUA ORIENTAÇÃO SEGUIU, ENTÃO, A CABALA JUDAICA, APENAS PORQUE TUA CRISTINA JÁ SE ENCONTRAVA IMERSA NELA, O

---

[99] Sidarta Gautama - príncipe de uma região do atual Nepal que renunciou ao trono e se dedicou à busca da erradicação das causas do sofrimento dos seres. Encontrou a "iluminação", tornou-se mestre espiritual e fundou o budismo. Nas tradições budistas, é considerado como o "Supremo Buda", Buda significando "o desperto".

[100] Krishna é uma divindade representante das manifestações do Deus Supremo no mundo; significa verdade absoluta; é o oitavo avatar de Vishnu, a Suprema Personalidade, segundo a tradição hindu.

[101] Jesus - também chamado Jesus de Nazaré foi um pregador e líder religioso judeu do primeiro século. É a figura central do cristianismo. A maior parte das denominações cristãs, além dos judeus messiânicos, consideram-no ser o Filho de Deus. Jesus Cristo (Messias).

[102] Na vertente mística Indiana do hinduísmo: Brahman - Senhor Supremo ou Última Realidade, Onipotente, Onisciente e Onipresente, do qual tudo provém e ao qual tudo retorna -, "manifestou" Brahma e toda a matéria.

[103] Teoria-M: teoria proposta em 1995 pelo físico Edward Witten, diz que tudo, matéria e campo, é formado por membranas, e que o universo flui através de 11 dimensões. Teríamos, então, 3 dimensões espaciais (altura, largura, comprimento), 1 temporal (tempo) e 7 dimensões recurvadas, sendo a estas atribuídas outras propriedades, como massa e carga elétrica.

Alex Crivier

QUE FOI DE GRANDE UTILIDADE PARA TI. SAIBA QUE ELA TAMBÉM TERIA TIRADO PROVEITO DO *CAIBALION* [104], QUE É UM AMÁLGAMA DE TUDO, COMO DORAVANTE TU IRÁS EXPERIMENTAR INTIMAMENTE. ENTÃO, VOU DIZER-TE O QUE AINDA NÃO TE FOI DITO: O QUE ESTÁ EM CIMA É COMO O QUE ESTÁ EMBAIXO, ASSIM COMO O QUE ESTÁ DENTRO É COMO O QUE ESTÁ FORA; NADA ESTÁ PARADO, ABSOLUTAMENTE TUDO SE MOVE, TUDO VIBRA; TUDO É DUPLO, TUDO TEM DOIS PÓLOS, TUDO TEM O SEU OPOSTO. O IGUAL E O DESIGUAL SÃO A MESMA COISA. OS EXTREMOS SE TOCAM. TODAS AS VERDADES SÃO MEIAS-VERDADES. TODOS OS PARADOXOS PODEM SER RECONCILIÁVEIS; TUDO TEM FLUXO E REFLUXO, TUDO TEM SUAS MARÉS, TUDO SOBE E DESCE, O RITMO É A COMPENSAÇÃO; TODA CAUSA TEM SEU EFEITO, TODO O EFEITO TEM SUA CAUSA. EXISTEM MUITOS PLANOS DE CAUSALIDADE, MAS NADA ESCAPA À LEI [105]. ENQUANTO A IMENSA MAIORIA DOS SERES ESTÁ PRESA À MISSÃO DE DECODIFICAR A VERDADE, TU FICASTE COM O QUE É VERDADEIRAMENTE IMPORTANTE."

---

[104] O Caibalion: os ensinamentos de Hermes Trismegisto, supostamente tal como ensinado nas escolas herméticas do Antigo Egito e da Antiga Grécia.

[105] Leis Herméticas citadas: Lei da Correspondência; Lei da Vibração; Lei da Polaridade; Lei do Ritmo; Lei de Causa e Efeito.

"Que seria...?

O vagalume rodopiou freneticamente dentro da etérea substância de Tom, misturando sua tênue luminescência a uma acanhada radiação.

"DISSESTE EM UMA OCASIÃO, QUANDO DEFENDIAS UM PONTO DE VISTA EM UMA CONVERSA COM CRISTINA; CERTAMENTE NÃO TE LEMBRARÁS DE O HAVER DITO, PORQUE O QUE DISSESTE FORA TÃO ESPONTÂNEO QUE SEQUER REGISTRASTE EM TUA MENTE. MAS ABSOLUTAMENTE TUDO SE INCORPORA NA TEIA DE *AKASHA*, E ECOA PELOS MUNDOS. E EU OUÇO, QUANDO É EXTRAORDINÁRIO:

'EU NÃO PRECISO DE DEUS PARA SER BOM.'

QUANTO MAIS TUA RAÇA AVANÇA EM CONHECIMENTO – GRAÇAS APENAS AOS GENES *MCPH1* [106] E *ASPM* [107] – MAIS PARECE REGREDIR EM VALOR. DITO ISSO, O QUE DISTINGUE O HOMEM DO ANIMAL É APENAS UMA COISA: O PUDOR. TUA SOCIEDADE HEDONISTA ESTÁ EM VIAS DE VOLTAR A SE ALINHAR ÀS BESTAS.

---

[106] MCPH1: gene ligado ao desenvolvimento cerebral, considerado responsável pela inteligência humana.

[107] ASPM: gene responsável pela expansão do córtex cerebral, uma região do cérebro que controla o pensamento abstrato.

     Alex Crivier

AINDA ASSIM, NADA DO TEU MEIO TE SEDUZIU A PONTO DE TE PRENDER À ESTA MATÉRIA GROSSEIRA E ESCURA, QUE MAL CONSEGUE EMITIR MÍSEROS VINTE FÓTONS POR CENTÍMETRO QUADRADO A CADA SEGUNDO. CONTEMPLA O QUE TE TORNASTE: DEIXASTE DE SER TERROSO, PARA SER AR. SUBLIMASTE. EU SOU O VERBO [108]. EU SOU O VENTO-SOPRO ANCESTRAL, SOU AQUELE CUJO NOME SE CONFUNDE COM O TEMPO. E TU O DISSESTE, SEM SEQUER O SABER. ÉS AGORA PURA *YEHIDAH* [109], E PODERÁS EXISTIR, SE ASSIM O QUISERES, EM *TIPHERETH*, O ROSTO VISÍVEL DE *KETHER* – SUA MANIFESTAÇÃO MATERIAL. ESQUEÇAS ABRAÃO, SARA, AGAR, ISAAC, ISMAEL OU *DEMIURGOS*. AINDA TENS MUITO A ABSORVER PARA CONTINUAR A REFINAR ESSA TUA ESSÊNCIA, QUE TÃO PERFEITAMENTE CAPTOU *EIN SOF*."

O ponto de luz tímida do pirilampo místico começou a inchar, fundindo-se a toda a essência de Tom, que experimentou um êxtase sem paridade no mundo material.

Um cheiro de incenso de mirra preencheu o apartamentinho, agora silencioso e calmo, como a noite sem lua lá fora.

---

[108] Bíblia: João 1:1-4

[109] Yehidah – Parte da alma que é alta o suficiente para atingir o maior nível possível de união com o criador.

EPÍLOGO

Domingão. Sentada com seu *laptop* numa mesa de canto da cafeteria, Cris pesquisava na *internet* sobre "rochas negras".

Hummm... Loja Maçônica... não...

Pedra Negra na Caaba... hummm... talvez... será que é isso?... Vamos ver...

"Pedra Negra (*al–Ḥajaru al–Aswad*) é uma rocha situada no canto leste da Caaba, o antigo edifício no centro da Grande Mesquita em Meca, Arábia Saudita. É venerado pelos muçulmanos como uma relíquia islâmica que, de acordo com a tradição muçulmana, remonta à época de Adão e Eva."

Hummm... o Tom falou algo sobre a "rocha negra" ser a verdadeira serpente... se a Caaba for mesmo um altar feito na Terra por Adão... então uma serpente teria tudo a ver... Mas, como diabos essa coisa poderia ser perigosa? Acho que vou continuar pesquisando mais... Aqui! Demônio preso numa pedra preta. Isso parece mais promissor...

"Em uma história de Mil e Uma Noites, o "Conto da Cidade de Bronze" se refere ao destino do demônio *Asmodeus* após seu fracasso contra o Profeta. De acordo com esta história, os viajantes descobrem o demônio trancado em uma pedra no meio do deserto. Eles chegaram a um pilar de pedra preta como uma chaminé de fornalha, onde havia uma criatura afundada até as axilas. Ele tinha duas grandes asas e quatro braços, dois deles como os braços dos filhos de Adão e outros dois como se fossem patas de leão, com garras de ferro, e ele era preto, alto e de aspecto assustador, com cabelos como rabos de cavalo e olhos como brasas ardentes, fendidos verticalmente em seu rosto."

Uau! Pode ser o Hasmodai, chefe do Gusion... mas ele não é, "tipo assim", um protagonista nos lances místicos. Tá mais pra coadjuvante... Não, vou deletar isso. "Deixeu" voltar pra Pedra Negra na Caaba...

Cris queimava os miolos, mas não conseguia encontrar lógica em seus pensamentos.

Resolveu ligar para Tom, mas a chamada nem completava. O celular estava desligado.

Um moço moreno entrou na cafeteria e, a meio caminho do balcão, parou. Olhou para Cris na mesa de canto e dirigiu-se até ela cauteloso, com o semblante consternado.

– Oi, Cris. Tudo bem?

A presença inesperada do jovem imediatamente tirou a moça de seus devaneios com o altar de Adão.

– Beto! Oi! Nossa, há quanto tempo! Que faz por aqui, num domingão?

– Cheguei hoje na cidade... O Fabinho me ligou ontem e eu vim o mais depressa que pude...

– Nossa... O Fabinho... Faz tempo que não vejo a turma – disse Cris, distraída.

– Cris... – Beto percebeu que a amiga estava concentrada no *laptop* e resolveu rodear. – O que você tá fazendo? – perguntou, sentando-se ao lado dela e apontando com o queixo para a tela.

– Ah!... É "umas doideiras" que eu tô pesquisando... Coisa do Tom. Ultimamente ele anda encanado, com umas elucubrações pra lá de esquisitas.

– Tipo o quê? – curiou Beto, meio sem jeito.

– Tô procurando alguma coisa sobre "rocha negra". O Tom disse que é importante, que tem a ver com nosso futuro.

Ao perceber o olhar de espanto do amigo, Cris remendou:

– Eu quis dizer que tem a ver com o futuro da humanidade, não com o "nosso" futuro, "tipo" meu e do Tom... Ah! Você entendeu, né?

Desconcertado, Beto olhou para a última pesquisa exibida na tela do *laptop*:

"Pedra Negra (al–Ḥajaru al–Aswad) é uma rocha situada no canto leste da Caaba..."

– Você disse "rocha negra", Cris? Na sua tela tá "pedra negra".

– Já digitei rocha, pedra, pedregulho, cascalho, cristal, joia, mineral... até meteorito! Mas nada faz sentido com o que o Tom me falou.

Beto fitou a amiga e perguntou com o semblante sério:

– Cris... quando foi a última vez que falou com o Tom?

– Ontem pela manhã. Nessa semana ele veio todos os dias aqui me aporrinhar com umas ideias estabanadas pra caramba! Mas eu gosto, acho instigante. Me diz, Beto, como eu devo procurar essa tal "rocha negra"?

Beto estava pálido. Suas mãos começaram um tremor sutil e, sem saber como agir, balbuciou:

– Ãhn... tenta... tenta pesquisar em... em... em inglês...

Cris digitou, apertou *enter* e, antes que pudesse conferir o resultado da busca, Beto agarrou seu braço e disse em lágrimas:

– Cris, o Tom... o Tom está morto. Ele... ele morreu no apartamento, há seis dias. Foi... foi encontrado ontem no fim da tarde – gaguejou Beto.

Na cabeça de Cris, todos os seus axônios [110] desligaram de uma só vez, de forma que ela ficou

---

[110] Axônio: prolongamento único de uma célula nervosa, por onde se transmite o influxo nervoso.

Alex Crivier

momentaneamente parva. Tentou vocalizar uma frase que a salvaria, mas ficou no meio do caminho. Racionalizou:

– Ele esteve aqui comigo nas últimas seis manhãs... ele tomou café comi... – As cenas de todas as xícaras de café intocadas por Tom no decorrer da semana caíram como uma bigorna no córtex de Cris, que ameaçou desfalecer. Beto a amparou por um instante. De repente, Cris pulou de sua cadeira num impulso intenso, como se tivesse levado um choque, e disparou para dentro do balcão da cafeteria.

– Não pode ser! Não pode ser! Ele esteve aqui! ELE ESTEVE AQUI A SEMANA INTEIRA!

Atônita, Cris selecionava febrilmente no computador próximo ao caixa da cafeteria, os arquivos das câmeras de segurança que continham as movimentações do salão e da entrada. Começou a ver as imagens e foi perdendo o chão. Beto se aproximou, temeroso, e viu Cris entrar em estado de choque. Na tela, em todos os arquivos abertos, Cris conversava, ria, gesticulava e tomava café... sozinha. Dialogava com um par que não estava ali...

Cris desmaiou. Beto chamou uma ambulância e, enquanto esperava, resolveu guardar o *laptop* de Cris, que havia ficado na mesa.

Ao olhar o resultado da pesquisa, sentiu seu corpo gelar, embora sem entender o motivo:

"

BlackRock

Empresa de investimento.

A *BlackRock Inc.* é uma empresa multinacional estadunidense de investimentos. Sediada em Nova York, é a maior operadora em gestão de ativos e gestão de riscos, e o maior sistema banca sombra do mundo.

CEO: Larry Fink

70 escritórios em 30 países.

Recursos sob administração:

$ 10,5 trilhões USD (2024). *"*

Nota do autor: o FMI estima o PIB global em $ 110 trilhões. Ao controlar 10% do fluxo da riqueza mundial, a *BlackRock* pode, sozinha, ditar o destino da humanidade...

Capa Imagem com efeito artístico de encarte promocional da música *Stick it out* da banda de *rock* canadense *Rush* – Álbum *Counterparts*. Gravadora *Anthem*, 1993. Disponível em:
http://4.bp.blogspot.com/-dWfiGo4VkX4/VndU3x3O6vI/AAAAAAAASf4/2HrheSCQlJk/s1600/stick-it-out-cover-s.jpg

43 *Podem, em hebraico, as palavras "Deus" e "talvez" ser a mesma coisa.* Postulado linguístico. Citado por Christian Boltanski – artista plástico – no documentário de Daniel Augusto (2015) *Incertezas Críticas – 2ª temporada*. Canal Curta. Disponível em:
https://canalcurta.tv.br/filme/?name=christian_boltanski

Contracapa Trecho da música *Dom Quixote* – Canção da banda de *pop/rock* brasileira *Engenheiros do Hawaii* – Álbum *Dançando no campo minado*. Gravadora *Universal Music Group*, 2003. Disponível em:
https://www.youtube.com/watch?v=kA9JbfToPPc

REFERÊNCIAS

Abertura *A inteligência transforma o erro em verdade, e ilude-se a si mesma.* Drummond de Andrade, Carlos. O avesso das coisas. Rio de Janeiro: Record, 1987, p.85.

46 *O aforismo constitui uma das maiores pretensões da inteligência, a de reger a vida.* Drummond de Andrade, Carlos. O avesso das coisas. Rio de Janeiro: Record, 1987, p.08.

ÍNDICE ONOMÁSTICO

Alex Crivier

1ª edição: dezembro de 2024
impressão: *on demand* - terceirizados
papel de miolo: Paperfect Susano 90g.
papel de capa: Cartão Triplex 250g.
tipografia: Book Antiqua 12.

Break Point Editora Ltda.
Caixa Postal 45 – CEP: 14001-970
Ribeirão Preto/SP (16) 3877-9511
www.breakpointeditora.com.br